Kim G. Logan

Lea´s wunderliche Welt der Orgasmen

AF140895

Kim G. Logan

- geboren 1972 in Berlin
- Medizinstudium
- zahlreiche Auslandsaufenthalte
- verheiratet, 2 Kinder
- beschäftigt sich seit über zwanzig Jahren mit außergewöhnlichen Krankheiten
- lebt und arbeitet abwechselnd in Berlin und London

Kim G. Logan

Lea's
wunderliche Welt der
Orgasmen

R o m a n

L e o *edition*

Bibliografische Information der
Deutschen Nationalbibliothek:
Die Deutsche Nationalbibliothek verzeichnet diese
Publikation in der Deutschen Nationalbibliographie;
detaillierte bibliographische Daten sind im Internet über
www.dnb.de abrufbar.

ISBN: 978-3-7386-1454-1

© L e o *edition*

Bildnachweis Cover: Pixabay

Herstellung und Verlag:
BoD – Books on Demand, Norderstedt.

"Manchmal braucht es eine tiefsinnige, bizarre, aber zugleich amüsante Geschichte, um auf eine völlig unbekannte Krankheit (hier: PGAD) aufmerksam zu machen."

(Eva M., eine ehemals Betroffene)

Der Ironie des Schicksals habe ich es zu verdanken, dass ich als metaphysisch denkende Frau von meinem Körper unterjocht werde. Auf perfide Art und Weise weist er meinen Geist in seine Schranken. Zumindest derzeit. Dabei hätte es noch viel schlimmer kommen können. Zum Beispiel, wenn ich als Schwein auf die Welt gekommen wäre, genauer gesagt als Sau. Angeblich dauert der Orgasmus bei einer "geilen Sau" bis zu dreißig Minuten - viel Zeit, um ihre Lust zu genießen! Übertragen auf mich und meine jetzige Situation wäre das der absolute Supergau. Viel schlimmer noch als die Hölle. Denn bei meinem Orgasmenaufkommen würde ich im Durchschnitt etwa einhundert Stunden für meine Orgasmen benötigen. Am Tag! Durchgehend! Ohne jegliche Pause! So viele Stunden gibt der Tag nicht her. Zumindest nicht im Diesseits. Und von Genießen könnte da wirklich auch keine Rede mehr sein!

Vielleicht empfindet eine Sau den Sex mit einem Eber aber auch als nicht sonderlich lustvoll, wenn sein wie ein Korkenzieher geformter Penis in sie eindringt. Andererseits hat die Natur den Gebärmutterhals bei der Sau wie eine Art Mutter aufgebaut, in die sich der Eberpenis perfekt einschrauben kann. Nun kenne ich als notorische Nicht-Handwerkerin das Einschrauben nur in Bezug auf eine gute Weinflasche, die mit einem Korken verschlossen ist. Dass sich der Eber aber wie ein Korkenzieher mehrmals um sich selbst dreht, während er in seiner Sau steckt, habe ich bisher nirgends gesehen. Auch nicht im Internet, wo ja heutzutage alles Abstruse dieser Welt zu finden ist. Gleichwohl haben Schweine einen Höhepunkt, das steht wohl außer Frage. Ob sie dabei aber auch Lust bzw. Spaß empfinden, insbesondere die Sau, wenn ihre Innereien zucken, um das Sperma schneller zu den Eizellen zu bewegen, bleibt fraglich. Wenn man allerdings Bären- bzw. Stummelschwanzmakaken bei ihrem Höhepunkt beobachtet, könnte man indes wieder sicher sein, dass auch Tiere einen Orgasmus haben und ihn als lustvoll empfinden können. Der ganze Körper des meerkatzenartigen Äffchens bebt und seine Lippen formen ein deutliches "O", so als wolle es bei seinem Höhepunkt freudig erregt "Ooooh, wie ist das schön, oooooh, wie ist das schön" singen oder gar das Wort "Oooorgasmus" extra betont lauthals in den Dschungel hinausschreien. Vielleicht fing es bei den Primaten ausgerechnet beim Zeugungsakt vor zehntausenden von Jahren an, dass sie die ersten wortähnlichen Laute von sich gaben?! Womöglich gäbe es ohne den Orgasmus unsere als hochentwickelt geltende verbale Kommunikation nicht?! Und letztlich auch nicht uns Menschen in der heutigen Form!

Ich sollte mir als Tochter, deren Elternteile studierte Germanisten sind, dieses ominöse "O"-Wort einmal genauer anschauen: "Orgasmus" wird mit kurzem "a" und kurzem "u" gesprochen, jeweils kombiniert mit einem gezischten s-Laut.

Diese Schreibweise ist aber meines Erachtens inkonsequent, denn genau genommen müsste wegen der Aussprache je ein zusätzliches "s" an die bereits vorhandenen "s" angefügt und als Folge dessen dieses Wort richtigerweise "Orgassmuss" geschrieben werden. Sprachpfleger stiegen bei dieser Sichtweise wahrscheinlich sofort auf die Barrikaden. Und eine probate Begründung, warum diese Überlegung Quatsch sei, könnten sie sicher auch gleich mitliefern. Ob diese für einen sprachwissenschaftlichen Laien nachvollziehbar wäre, sei einmal dahingestellt. Denn wie bitteschön erklärte man jemandem, der Deutsch lernen möchte, auf verständliche Art und Weise, warum etwa der "Kuss" mit zwei, der "Bus" aber mit nur einem "s" geschrieben wird, obwohl beide Worte gleich bissig, hart, scharf bzw. mit einem gleich gezischten s-Laut ausgesprochen werden. Ähnlich schwierig wäre die Erklärung bei so manchen, mit "...mus" oder "...ust" endenden Worten, wie etwa "Apfelmus" im Vergleich zu "Orgasmus" oder "Wust" im Vergleich zu "Lust". Das jeweilige "u" wird das eine Mal als Langvokal, das andere Mal aber als Kurzvokal gesprochen. Und auch bei Langvokalen bei Worten, die mit "s" oder "ß" enden, gibt es grammatische und phonetische Regeln, die kaum nachvollziehbar sind. Beispielsweise wird das Wort "Gras" genauso lang gedehnt und hinten scharf gesprochen wie das Wort "Spaß". - Ein dreifaches Hoch auf den Germanismus, die sprachliche und grammatische Besonderheit des Deutschen.

Letztlich ist die deutsche Sprache aber genauso vielschichtig, abwechslungsreich und nicht zu bändigen wie meine Orgasmen. Es gibt allerdings einen gravierenden Unterschied: Worte sind die Produkte des Verstandes; Orgasmen hingegen sind das Resultat des Triebes und der Lust. Doch bestätigen Ausnahmen die Regel, wie man ausgerechnet in meinem Fall sehen kann! Denn über neunundneunzig Prozent meiner Orgasmen sind weder triebgesteuert noch resultieren sie aus einer sexuellen Lust. Sie kommen, wann immer sie wollen. Doch nur etwa jeder zweihundertste Orgasmus kommt, wann ich es will. Keine wirklich tolle Quote!

Wie dem auch sei, es muss eine Rechtschreibreform her! Wieder einmal eine neue. Unbedingt! Aber diesmal radikal, umfassend und für jedermann nachvollziehbar. Widersprüchlichkeiten und Inkonsequenzen der genannten Art müssen aus der deutschen Sprache ein für alle Mal verschwinden. Mir ist durchaus bewusst, dass dieser Vorschlag einem langen Kampf gegen Windmühlen gleichkäme. Dafür ist der Germanismus zu sehr mit dem Denken und Handeln der Deutschen verankert. Darum wird er aus sprachwissenschaftlicher Sicht jede Rechtschreibreform überleben, da bin ich mir sicher. Genauso wie der Orgasmus evolutionär jede Entwicklung des Menschen überleben wird. Und auch mein spezieller Fall ändert nicht das Geringste daran.

... Mensch Lea, was für eine quere Analogie dir da wieder durch den Kopf geht! Wahnsinn,

Blödsinn, Irrsinn!? Oder doch eher eine gehörige Portion Tiefsinn? Nun, ohne jeglichen Sinn ist sie für mich jedenfalls nicht. Denn das Gute an ihr ist, dass ich in der Zeit, in der ich über das Wort Orgasmus philosophiert habe, keinen solchen hatte. Sollte ich als Spätberufene etwa Philosophin werden oder sogar in die Fußstapfen meiner Eltern treten und dem Germanismus auch ganz offiziell frönen? Wenigstens aber einem Verein zur Pflege und Erforschung der deutschen Sprache beitreten, um meine Orgasmen besser in den Griff zu bekommen? Oder mich beim Nachdenken, wie soeben geschehen, einfach nicht mehr bewegen, um meinem Unterleib zu signalisieren, dass es überhaupt keine Veranlassung gibt, wegen jeder Nichtigkeit sofort rebellisch zu werden? Als bewegungsintensive Frau, die ich seit meiner Geburt nun einmal bin, wäre allerdings jede bewusst herbeigeführte Bewegungseinschränkung über einen längeren Zeitraum eine wirkliche Herausforderung, vielleicht sogar eine Folter, zumindest eine kleine.

Nichtsdestotrotz könnte ich mich in Sachen Orgasmen mal experimentell betätigen. Schlimmer als im Moment kann es für mich mit ihnen ja nicht werden. Ja, genauso mache ich es! Und das Forschungsprojekt bin ich selbst. Genauer gesagt, mein zurzeit so unberechenbarer, böser, einst von mir so geliebter Unterleib.

Fünf Wochen nach diesen Überlegungen starre ich die Decke an. Es ist Montag, mein erster Ferientag. Mir gehen meine letzten fünf Orgasmen durch den Kopf. An die davor Gewesenen kann ich mich schon gar nicht mehr erinnern. Erst recht nicht an deren Anzahl. Dafür waren es einfach wieder zu viele ... am heutigen Tag.

An die achtzig werden es bisher gewesen sein. Vielleicht waren es auch weniger, vielleicht aber auch mehr. Im Gegensatz zu früher ist es mir nicht mehr wichtig, die genaue Anzahl meiner täglichen Orgasmen zu kennen. Über deren Quantität führe ich schon lange nicht mehr Buch. Auch habe ich aufgehört aufzuschreiben, wenn einer meiner Orgasmen eine außergewöhnliche Intensität hatte oder mir an einem unmöglichen Ort oder in einer unpassenden Situation gekommen ist. Schriebe ich wie zu Anfangszeiten alles weiterhin akribisch auf, käme ich aus dem Schreiben nicht mehr heraus. Zumal ich mich zum Schluss ins Schreiben immer mehr hineingesteigert habe, denn währenddessen bekam ich im Verhältnis zu sonstigen Aktivitäten nicht ganz so viele Orgasmen. Wahrscheinlich bräuchte ich - hätte ich das Schreiben mit dieser stoischen Akribie weiterbetrieben - mindestens einen Dreißig-Stunden-Tag. Und selbst bei regelmäßigen Kurznotizen über die Biographien meiner täglichen Orgasmen wäre der Zeitaufwand beträchtlich; bei einem einminütigen Vermerk über jeden meiner durchschnittlich zweihundert Orgasmen pro Tag machte das in der Summe immerhin satte drei Stunden und zwanzig Minuten aus. Neben einem Fulltime-Job absolut nicht machbar! Auch nicht bei der besten Zeiteinteilung, der perfektesten Organisation und der äußersten Disziplin.

Zu Forschungszwecken wären meine Aufzeichnungen vermutlich sehr nützlich; wenn es denn hierzu ein richtiges Forschungsgebiet gäbe. Doch das gibt es meines Wissens nicht; zu wenige Menschen teilen mein absonderliches Schicksal. Daher sind meinesgleichen für die Wissenschaft zu uninteressant, vernachlässigenswert, völlig unbedeutend - schon eher forschungslästig. Würde allerdings nur jeder tausendste Mensch meine Krankheit haben, sähe das wahrscheinlich anders aus, denn für die Pharmaindustrie wäre diese Minderheit vermutlich höchst interessant. Weltweit gäbe es dann immerhin an die sieben Millionen potentielle Patienten, die entsprechende Medikamente täglich zu sich nähmen. Zumindest in der westlichen Welt gäbe es einen diesbezüglichen Medikamentenkonsum, was vielleicht noch vier Millionen Patienten ausmachte. Für diese müssten die Medikamente entsprechend teuer sein. Deren Umsatz ginge locker in die Milliarden. Nur eine Tablette pro Tag, die vielleicht fünfzehn Euro kostete, bedeutete bei vier Millionen Patienten einen Jahresumsatz von etwa zweiundzwanzig Milliarden Euro. Wow! Pharmaunternehmen witterten hier garantiert ganz schnell den großen Reibach; die Forschung würde auf diesem Gebiet in kürzester Zeit auf Hochtouren laufen. Allerdings ist mit dieser seltenen Krankheit bei nur ganz wenig Betroffenen - schätzungsweise einigen Tausend, vielleicht auch nur einigen Hundert weltweit - kein Geld zu verdienen.

Ob sich hieran irgendwann einmal etwas ändern wird? Schwierig zu beantworten. Schließlich müssen sich neue Forschungsgebiete erst herauskristallisieren und dann über mehrere Jahre bzw. Jahrzehnte entwickeln, wie es etwa bei der Erforschung von Nahtoderfahrungen der Fall war. Bis Anfang der siebziger Jahre des vergangenen Jahrhunderts gab es hierzu auch noch keine seriösen Untersuchungen. Das hat sich erst geändert, als Pioniere in der Sterbeforschung, wie die bekannte schweizerisch-US-amerikanische Psychiaterin Elisabeth Kübler-Ross, die als Begründerin der Sterbeforschung bzw. Hospizbewegung gilt, den Mut fanden, hierüber intensive Forschung zu betreiben, und das mit der untrüglichen Gewissheit, zunächst belächelt und nicht ernst genommen zu werden. Mittlerweile aber hat sich die Forschung über Nahtoderfahrungen etabliert; mehr noch, sie sind ein anerkanntes und auch seriöses Forschungsgebiet geworden. Bücher hierzu finden sich immer häufiger in den Bestsellerlisten. Und das ist auch gut so, denn Nahtoderfahrungen behandeln einen Bereich unseres Seins, an dem letztlich kein aufgeschlossener und hinterfragender Mensch drum herum kommt. Aufgrund meiner langjährigen beruflichen Tätigkeit als Sterbebegleiterin weiß ich, wovon ich rede. Vielleicht findet ein Wissenschaftler oder eine Wissenschaftlerin ja irgendwann den Mut, den Schwerpunkt seiner bzw. ihrer Forschung auf dem Gebiet rund um die Dauererregtheit zu legen. Das wäre sensationell, revolutionär und absolut überfällig. Zumindest aus meiner Sicht. Doch höre ich bereits jetzt schon den hellen Aufschrei einer bestimmten Riege von nicht aufgeschlossenen Menschen: »Was? Sie forschen über Dauererregtheit? Das ist nicht Ihr ernst! Und *Sie* wollen ein seriöser Wissenschaftlicher sein?« Dabei wäre die Erforschung dieses Gebiets meiner Ansicht nach um ein Vielfaches leichter als die über Nahtoderfahrungen. Denn der Unterschied zwischen einem Erlebnis im Nahtodbereich und meinem speziellen Fall liegt auf der Hand: Nahtoderfahrungen finden im Verborgenen statt; Betroffene können, müssen aber nicht darüber berichten. Sie entscheiden selbst, ob ihre übernatürlichen Erlebnisse ihre höchstpersönliche, intime Angelegenheit bleiben oder ob sie sich anderen anvertrauen. Außerdem kann es im Einzelfall nach wie vor äußerst schwierig sein, einen wissenschaftlichen Beweis für das Vorliegen einer Nahtoderfahrung zu erbringen, wovon immer auch die Glaubwürdigkeit einer Person abhängt. Dafür ist das Erleben zu individuell und für die Betroffenen meist kaum in Worte zu fassen. Auch gibt es nach wie vor eine Vielzahl von Skeptikern unter den Fachleuten, die die Seriosität der Nahtodforschung bestreiten. Gleichwohl rümpft die breite Masse nicht mehr sofort die Nase, wenn heute jemand über dieses frühere Tabuthema spricht. Zumal es Hochrechnungen gibt, dass fünf bis zehn Millionen Menschen weltweit derartige Erfahrungen zwischen Leben und Tod, Diesseits und Jenseits machen. Jährlich!

Meine täglichen Zwangs-Orgasmen sind hingegen so etwas von bewiesen. Der bloße Augenschein reicht dazu aus. Sie finden nicht im Verborgenen statt, zumindest nicht alle, weil sie eben nicht in allen Lebenssituationen kontrollierbar bzw. steuerbar sind. Aus diesem Grund können sie auch nicht alle eine höchstpersönliche, intime Angelegenheit sein. Gut wäre zwar, wenn es so wäre, aber das ist leider nur ein unerfüllbarer Wunsch. Ich muss sie mit anderen teilen, sofern ich einigermaßen normal am Alltagsleben teilnehmen möchte. Ich hätte natürlich die Wahl und könnte mich komplett vom Leben abschotten. Das wäre aber dann etwa so, als sei ich lebendig begraben, ohne unter der Erde zu liegen. Oder lebendig eingemauert, ohne zuvor von anderen eingemauert worden zu sein. Sich für so ein Eremitendasein zu entscheiden, wäre wirklich schlimm! Ein solches Leben schiene mir erheblich schwieriger zu sein als das bloße Sterben und das damit verbundene Hinübergehen in eine andere Dimension hinein, die wir Diesseitigen Jenseits nennen!

Tue ich mir aber jetzt einen Gefallen, so gefesselt in meinem Bett zu liegen? Dabei meine vier Gliedmaßen ausgestreckt, so als wolle man mich vierteilen? Ist diese Maßnahme, um Unbeweglichkeit zu erzwingen, für die Bekämpfung meiner Dauerorgasmen wirklich sinnvoll? Ist sie zielführend? Im besten Fall heilend? - Lea, jetzt nur bei der Stange bleiben und keinen Zweifel hegen, schließlich habe ich mir alles im Vorfeld gut überlegt. Abgewogen, immer wieder abgewogen, über mehrere Wochen hinweg, und zum Schluss als die einzige Maßnahme auserkoren, die mir noch helfen kann. Ich kann es schaffen, und ich werde es schaffen. Weil ich es will, verdammt noch mal, so etwas von will. Und weil ich es unbedingt will, kann ich es auch schaffen. Den Gedanken ´Die Kunst des Könnens liegt im Wollen´ habe ich irgendwo einmal aufgeschnappt und zur fundamentalen Grundlage meines Denkens gemacht. Denn er zwingt mich zur Ehrlichkeit mir selbst gegenüber. Viel zu schnell sind die Menschen versucht zu sagen: Ich *kann* das nicht. Doch dahinter verbirgt sich Bequemlichkeit und die Angst, seine Komfortzone verlassen zu müssen. Letztendlich aber geht es immer nur ums Wollen bzw. Nicht-Wollen. Ich will nicht, ich kann nicht! Ich will, ich kann! So einfach ist das!

Meine Nasenspitze beginnt zu jucken. Durch das Vorschieben meines Unterkiefers blase ich das Kribbeln weg. Das anschließende mehrmalige Anheben und Hochziehen meiner Nase soll ihr wieder das Gefühl von Normalität suggerieren. Es funktioniert, ich habe Glück gehabt. Es hätte mich auch an einer unliebsamen Stelle jucken können, an der meine ausgefeilte Blastechnik in meiner gegenwärtigen Lage versagt hätte.

Ich höre Schritte. Es klopft an der Tür. Lars, mein Folterknecht, schiebt zaghaft erst seinen wuscheligen Kopf und anschließend seinen Körper durch den Spalt.

»Warum klopfst du?«

»Weil ich so erzogen worden bin, wenn ich ein fremdes Zimmer betrete.«

»In welcher verfänglichen Situation könntest du mich denn jetzt zusätzlich noch erwischen können? Ich bin dir momentan doch ohnehin völlig ausgeliefert. Das weißt du ganz genau!«

»Was die Sache für mich nicht gerade einfacher macht.«

»Meinst du, für mich ist sie einfach?«

»Natürlich nicht, aber ...«

»Was aber?«

»Aber du hast es so gewollt!«

»Ja, das habe ich.«

Lars stellt ein Glas stilles Wasser neben mich auf das Nachttischchen. Kein Mineralwasser, denn das stetige Geräusch des Kribbelns könnte so einiges in meinem Unterleib auslösen. Das hat er sich gemerkt. Lieb von ihm. Doch wie soll ich jetzt trinken, so gefesselt?

»Wenn du trinken magst, sag es mir!«

»Ich will trinken.«

»Jetzt?«

»Lars ...«

»Schon gut, aber die Situation ist mir etwas zu skurril.«

»Ja, für mich ist sie auch ungewohnt.«

»Kannst du denn schon etwas sagen?«

»Was meinst du?«

»Na ja, ob dein Experiment schon etwas bringt?«

»Ich weiß nicht. Immerhin liege ich ja erst etwas über eine halbe Stunde so da. Bis jetzt klappt's ganz gut. Einen Orgasmus hatte ich bis jetzt jedenfalls noch nicht.«

»Mhm ...«

»Was: Mhm?«

»Ob es auch über einen längeren Zeitraum funktioniert, weißt du ja noch nicht. Und selbst wenn das der Fall sein sollte, du kannst nicht ständig auf diese Weise im Bett liegen.«

»Lars, das weiß ich selbst. Aber meine Beweggründe, warum ich das auf diese Weise mal so ausprobieren möchte, habe ich dir ja erklärt. Welche Schlüsse ich zu welchem Zeitpunkt dann aus dem Experiment ziehen werde, weiß ich selbst noch nicht. Wie auch in der Kürze der Zeit? Ich brauche halt ein wenig Geduld.«

»Wohl eher viel Geduld.«

»Du hast recht. Sogar sehr viel Geduld. Und noch etwas: Disziplin und Durchhaltevermögen. Und zwar ganz viel davon. Schließlich muss ich meine jetzige Urlaubswoche sinnvoll nutzen.«

»Indem du dich die meiste Zeit so kasteist?«

»Lars, hast du eine bessere Idee?«

»Nein, hab ich nicht. T´schuldige.«

»Gibst du mir nun endlich etwas Wasser?«

»Wie lange willst du denn heute, am ersten Tag deines Experiments, liegend so durchhalten?«

»Wasser bitte!«

»Erst, wenn du meine Frage beantwortet hast.«

»Lars!«

»Ja, ist ja schon gut.«

Lars greift nach dem Wasserglas. Ich hebe meinen Kopf an. Fürsorglich gleitet seine linke Hand darunter und stützt ihn. Ich halte kurz inne. Weil sich aber augenblicklich in meinem Unterleib nichts rührt, nehme ich schnell einige Schlucke und gehe mit meinem Kopf anschließend etwas nach hinten. Lars reagiert sofort und zieht seine Hand zurück. Dann stellt er das zur Hälfte von mir geleerte Glas wieder auf das Nachttischchen. Sein scharfer Blick verrät mir einen gesteigerten Grad an Skepsis, bevor er seine Frage wiederholt: »Und? Wie lange gedenkst du, den ersten Tag deines wegweisenden Experiments so zu verbringen?«

»Ich weiß es noch nicht, ich lasse es einfach auf mich zukommen. Im Übrigen schwingt in deiner Wortwahl etwas Negatives mit.«

»Ich meine es nicht so, Lea. Aber ich sitze etwas auf heißen Kohlen. Ich müsste gleich mal für zwei Stündchen in die Uni.«

»Das hatten wir doch so besprochen. Du kümmerst dich zwar während meines Experiments um mich, aber dein Studium soll darunter nicht leiden. Kein bisschen.«

»Ja, das hatten wir so besprochen.«

»Und daran halten wir uns. Oder etwa nicht?«

»Ich müsste aber in ein paar Minuten schon los.«

»Kein Problem.«

»Und du?«

»Kein Problem.«

»Kein Problem?«

»Herrgott ja, kein Problem.«

»Aber ich kann dich doch nicht einfach so liegenlassen, so gefesselt. Alleine.«

»Auch darüber haben wir doch gesprochen.«

»Ja.«

»Also?«

»Ich meine ja nur.«

»Lars, was meinst du nur?«

»Du bist dann hilflos in der Zeit, in der ich fort bin. Und jeglicher Situation völlig ausgeliefert.«

»Jaja, das weiß ich.«

»Ich fühle mich dann aber scheiße.«

»Lars, wir haben doch über alles gesprochen. Warum rührst du wieder daran? Willst du mir nun helfen oder nicht?«

»Klar will ich das!«

»Dann bitte keine Diskussion mehr!«

Lars nickt zögerlich. Seine rechte Hand fährt in Richtung meiner linken Wange, um mich zu streicheln.

»Lars ... nicht!«

»Oh, sorry, hatte ich fast vergessen.«

»Gibst du mir noch den Rest Wasser?«

»Klar.«

Von Lars starker Hand gestützt, leere ich das Glas. Erstaunlicherweise bleibe ich auch diesmal von einem Orgasmus verschont. Kaum zu glauben!

»Ich geh dann jetzt. Mhm?«

»Okay. Viel Erfolg!«

»Ich beeile mich auch.«

»Musst du nicht. Ich halte das locker zwei Stündchen so aus.«

»Bis gleich. Ich beeile mich trotzdem.«

»Na dann, tschüss!«

Lars wirft mir mit ernster Miene einen schnellen Luftkuss zu, den ich augenzwinkernd erwidere. Dann zieht er die Tür hinter sich zu. Ich starre erneut die Decke an und damit ins Leere. Kurze Zeit später höre ich die Wohnungstür zufallen. Es ist wieder ruhig um mich. Und so langsam auch wieder in mir drin. Schön!

Orgasmen sind ein Segen. Oder aber ein Fluch! Letzteres ist momentan bei mir der Fall. Ein Segen sind sie, weil ich von früher her weiß, wie schön sie sein können. In Kombination mit der wahren Liebe zu jemandem sind sie das höchste der Gefühle. Sofern sie steuerbar sind, man also den Zeitpunkt ihres Genießens selbst bestimmen kann. Ein Fluch sind sie derzeit für mich, weil ich weiß, dass ich sie auch hassen kann, selbst im Zustand des Verliebtseins. Ich liebe Lars sehr und bin gern in seiner Nähe, wobei Nähe im Moment nur selten etwas mit Anfassen und Austauschen von Zärtlichkeiten zu tun haben darf. Schließlich bedeutet für mich beinahe jede seiner Berührungen die potentielle Gefahr einer Erregung. Aus diesem Grund ist Sex zwischen uns, wie es früher einmal bei mir mit fast ein bis drei Höhepunkten täglich der Fall war, nahezu vollständig auf Eis gelegt. Nur etwa alle zwei bis drei Wochen schlafen wir noch miteinander, ich möchte schließlich nicht, dass Lars und sein bestes Stück aus der Übung kommen. Lars ist dann immer sehr liebevoll zu mir und ich gebe ihm das Gefühl, dass ich es auch genieße. Wir wissen jedoch beide, dass das meist nicht der Fall ist, auch wenn er zweifelsfrei davon ausgehen kann, dass ich ihm keinen meiner Orgasmen vortäusche. Denn selbst wenn ich dies wollte, wäre ich aufgrund meiner Dauererregtheit hierzu nicht in der Lage. Dauererregtheit, so schlimm sie wie in meinem Fall auch ist, gewährleistet dem Liebespartner absolute Orgasmen-Ehrlichkeit! Und dennoch, unsere sexuelle Enthaltsamkeit tut unserer Liebe keinen Abbruch. Im Gegenteil, unsere mentale Verbundenheit ist dadurch stark gewachsen. Und Zukunftspläne in Sachen Sex haben wir auch bereits, schließlich wollen wir den versäumten Sex unbedingt nachholen, sobald bei mir wieder alles im Lot ist. So Gott will! Für uns beide ein schöner Trost. Und zudem ein hoffnungsvolles Ziel, das den gegenwärtigen Frust, insbesondere bei mir, etwas erträglicher macht.

Ob das ständige Wiederkehren von Orgasmen bei mir ein Werk des Teufels ist, glaube ich nicht. Denn meine Dauererregtheit lässt sich erklären. Zumindest medizinisch. Theologisch wohl eher nicht. Ich glaube auch nicht, dass kompetente und einfühlsame Theologinnen oder Theologen bzw. Geistliche hierzu schon einmal irgendwelche Überlegungen angestellt, geschweige denn zu Papier gebracht haben. Warum auch, werden sie mit einer solchen absonderlichen Thematik, die das Leben einer verschwindend geringen Minderheit von Menschen bestimmt, wohl niemals konfrontiert, selbst wenn die mit dieser seltenen Krankheit Betroffenen sehr gläubig sein sollten und sich einer der beiden christlichen Konfessionen zugehörig fühlten. Wo sollten sie auch mit diesem Leiden konfrontiert werden? Etwa im Falle eines Pfarrers im Beichtstuhl, weil der oder die betroffene Gläubige seine bzw. ihre Krankheit als Sünde begreift? Etwas anderes wäre es, wenn Geistliche selbst unter dieser Krankheit litten. Möglicherweise wäre das sogar Bestsellerstoff für ein Drehbuch: Ein Priester - ein katholischer Pfarrer oder gar ein erzkonservativer Bischof -, der von der andauernden genitalen Erregungsstörung betroffen ist und verzweifelt in aller Heimlichkeit eine Lösung für sein Problem sucht, das wäre was. Vielleicht wäre es sogar Stoff für einen Mehrteiler, weil der betroffene Geistliche einen langen Entwicklungsprozess mitmachte und auf kurz oder lang seinen Beruf nicht mehr ausüben könnte. Eine menschliche Tragödie täte sich hier auf, eine mitreißende Story, die unter die Haut ginge. Man stelle sich situationsbedingt einen Bischof vor, der während einer Predigt oder einer Priesterweihe einen oder mehrere Orgasmen bekäme. Oder eine evangelische Pastorin, die während einer Trauung oder einer Taufe zu einem oder mehreren Höhepunkten käme. Oder ein katholischer Priester während einer Krankensalbung. Ein Regisseur könnte die jeweilige Szene sehr ambivalent inszenieren - lustig, makaber, in jedem Fall äußerst emotional. Für ihn wäre es sicher eine besondere Herausforderung, die eigentliche physische wie psychische Qual des Seelsorgers oder der Seelsorgerin und bedingt dadurch die Peinlichkeit für sämtliche der anwesenden Personen darzustellen. Ob ein derartiger Film aber der eigentlichen Ernsthaftigkeit dieser Krankheit gerecht werden würde, wäre eine ganz andere Frage. Auf jeden Fall könnte man aus dem Stoff einen skandalträchtigen, preisverdächtigen

Film von höchster Güte machen. Vielleicht auch ein Filmdrama oder aber eine Filmkomödie mit einem zugleich ernsten, aufklärerischen Hintergrund, wie etwa bei den Filmen 'Rain Man', 'Ziemlich beste Freunde' oder 'Honig im Kopf'.

Für jeden Geistlichen würde diese Krankheit das berufliche Aus bedeuten. Ein Pornostar hingegen würde von der Krankheit ordentlich profitieren, zumindest finanziell. Denn damit hätte er in der Pornobranche ein absolutes Alleinstellungsmerkmal. Echte Orgasmen im Minutentakt! Gar nicht auszudenken, welche versauten Fantasien ein Pornoproduzent da in seinen Drehbüchern verpacken könnte. Die Echtheit der Orgasmen bei einem Pornostar mit dieser Krankheit kämen für den Zuschauer von Pornos authentisch rüber, gespielte Orgasmen gehörten für den Protagonisten der Vergangenheit an. Durch die Vielzahl der Orgasmen wäre er zwar jedes Mal völlig erschöpft, für viele Zuschauer wäre dieser Umstand aber wahrscheinlich genau das Richtige, um ihre Geilheit auf die Spitze zu treiben. Für sie wäre die Dauererregtheit, die dieser Pornostar hätte, ein Segen. Dass der Pornostar dies letztendlich genauso sähe, wage ich jedoch stark zu bezweifeln. Könnte er seine Krankheit nach Abdrehen eines Films abschalten, wäre sie als lediglich temporäre Dauererregtheit sicherlich auch für ihn ein Segen. Da es einen solchen Schalter aber nicht gibt, wäre sie für ihn doch eher ein Fluch. Trotz des vielen Geldes, das er mit ihr verdienen könnte, und trotz der Berühmtheit, die er in der Pornobranche zweifellos erlangen würde.

Vielleicht sollte ich mich schriftstellerisch mit dieserart erdachten Schicksalen auseinandersetzen und auf das Schreiben entsprechender Drehbücher spezialisieren. Schließlich habe ich am eigenen Leib erfahren, wie beruhigend das Schreiben auf mich wirkt. Ob ich nun Buch über sämtliche meiner Orgasmen führe oder mir Geschichten ausdenke, wie sie mir im Ansatz soeben durch den Kopf gegangen sind, wäre einerlei, zumindest zeitlich gesehen. Und so könnte ich, wenn ich die Krankheit schon habe, das Beste daraus machen. Ich hätte eine Ablenkung, bekäme dadurch weniger Orgasmen und könnte noch ganz nebenbei - sofern der Erfolg Einzug halten sollte - bestimmt eine Menge Geld verdienen. Vielleicht wären meine Einnahmen dann der Grundstein zur Gründung einer Stiftung oder besser noch eines Instituts, das sich der Erforschung der Dauererregtheit widmete. Als Bestsellerautorin, die dann in sämtlichen Talkshows präsent wäre, hätte ich die notwendige mediale Aufmerksamkeit, um mit meinem Anliegen Großes bewegen zu können. Vielleicht ist das meine Berufung, meine Bestimmung, mein Schicksal?!

Ich sollte diesen Gedanken einmal sacken lassen. In meinem Fall gilt wohl: Eigeninitiative ist angesagt; immer nur auf andere zu warten, die Entsprechendes auf die Beine stellen, wäre nicht nur unproduktiv, sondern auch verbunden mit vergeblicher Hoffnung. Elisabeth Kübler-Ross könnte mir als Leitfigur, als leuchtendes Vorbild dienen. Ja, warum eigentlich nicht? Wäre eine entsprechende Kurzvita in einigen Jahren wirklich so abwegig: Lea Bachmann, Gründerin und Leiterin des Instituts zur Erforschung der andauernden genitalen Erregungsstörung, Trägerin des Bundesverdienstkreuzes und zahlreicher Ehrendoktortitel, Honorarprofessorin, Bestsellerautorin? Bezogen auf das Institut sehe ich bereits vor meinem geistigen Auge das erhabene, etwas altertümlich angehauchte Logo und den edlen Briefbogen mit einem markanten Wasserzeichen. Und auf dem Briefkopf steht in geschwungener Schrift: *Institut zur Erforschung der andauernden genitalen Erregungsstörung e.V.* Darunter: *Institutsleiterin: Lea Bachmann.* Und aufgrund meiner Verdienste rund um mein Engagement bezüglich der Dauererregtheit irgendwann sogar einmal: *Professorin Dr. h. c. mult. Lea Bachmann.* In Anbetracht dieser Überlegungen und der gegenwärtigen doch sehr ungewöhnlichen Liegeposition in meinem Bett muss ich schallend lachen. Verrückt!

Wirklich verrückt? - Die Kunst des Könnens liegt schließlich im Wollen!

Mein Lachen drückt auf die Blase. Erst jetzt merke ich, dass ich ganz dringend pinkeln muss. Oh nein, das hätte ich bedenken müssen! Das Wasser von eben ... ich blöde Kuh! Jetzt habe ich den Schlamassel. Mist! Ich kneife den Schließmuskel meiner Harnblase zusammen, so als wollte ich bereits jetzt schon den fließenden Urinstrahl unterbrechen. Dabei spüre ich eine leichte Hebung der Beckenbodenmuskulatur nach oben und innen. Von Minute zu Minute intensiviere ich diese Vorgehensweise, bis es nicht mehr fester geht. Ich habe in einem einschlägigen Forum einmal gelesen, dass das Gefühl einer vollen Blase sexuell durchaus stimulierend sein kann. Eine Frau schrieb im Forum, dass es schön sei, wenn man so lange mit dem Pinkeln wartet, bis das Gefühl im Blasenschließmuskel taub geworden ist, und die Blase dann mit der flachen Hand über den Bauch nach unten ausstreicht, und zwar ganz langsam und genüsslich. Das dabei erzielte Kitzeln an entsprechender Stelle sei so schön wie ein Orgasmus. Eine andere Frau schrieb im selben Forum, dass ihr Mann während des Liebesspiels mal einen Vibrator an ihre Klitoris hielt, als sie eine volle Blase hatte. Er verbot ihr regelrecht, in diesem Moment zu pinkeln. Irgendwann habe sie dann nichts mehr zurückhalten können, und als sie schließlich kam, platzte es aus ihr heraus. Das sei ein Mega-Orgasmus gewesen, eine süße Folter.

Ich platze auch gleich. Auf den erotischen Aspekt der geschilderten Erlebnisse und Fantasien kann ich im Moment gut verzichten. Was würde ich jetzt nicht alles für eine Kloschüssel geben. Oder für einen schäbigen Plastikeimer. Oder nur dafür, einfach nicht mehr ans Bett gefesselt zu sein. Wie lange kann ich es noch aushalten? Lars kommt frühestens in anderthalb Stunden zurück. Eins ist klar, so lange kann ich nicht warten. Warum also zögern und das Unweigerliche ignorieren? Vielleicht weil ich weiß, was passieren wird? Ich werde notgedrungen ins Bett pinkeln und mich ordentlich einnässen. Das Pinkeln wirkt befreiend, da bin ich mir absolut sicher. Andererseits wird es - und da wette ich meinen Hintern drauf - einen Orgasmus in mir auslösen. Nicht wegen irgendwelcher Fantasien, auch nicht aufgrund des Umstands, dass meine nass werdende Boxershort zwischen meinen Beinen zu kleben beginnt, sondern allein deswegen weil es mir beim Pinkeln - wie auch beim großen Geschäft - nach Ausbruch meiner Krankheit jedes Mal kommt. Spätestens einen kurzen Augenblick nach dem Pinkeln wird es mich erfasst haben, oft auch schon währenddessen. Der Orgasmus ist unausweichlich, so wie das Amen in der Kirche. Armer Lars, wenn er gleich zurückkommt und die Bescherung sieht.

Möglicherweise sollte ich meine Einstellung ändern und das Beste aus dieser auch für mich so ungewöhnlichen Situation machen. Ich sollte dieses Erlebnis ganz bewusst in mein Experiment mit einfließen lassen. Denn es ist egal, wann ich es haben werde, ob direkt in der ersten Stunde oder gegebenenfalls erst am Ende meines Experiments. Allerdings muss ich mir zu Recht vorhalten lassen, dass ich eine derartige Situation für mein Experiment bereits in der Planungsphase hätte in Erwägung ziehen müssen. Etwas schludrig von mir! Nicht sehr weitsichtig, Lea!

Schönreden ist aber nun angesagt. Warum also das Pinkel-Erlebnis im gefesselten Zustand nicht direkt am Anfang meines Experiments zulassen bzw. einbauen? Warum nicht genau in diesem Moment? Vielleicht ist es auch ganz gut, nicht vorbereitet gewesen zu sein. Kein Lars in der Nähe, der das Schlimmste hätte verhindern können. Es musste halt so kommen, es sollte unweigerlich so sein. Möglicherweise ist es auf genau diese Art und Weise für mich und mein Experiment sogar am nützlichsten. Ja genau, diese Sichtweise ist förderlich und macht mir Mut.

Ich entspanne mich und lockere den Schließmuskel meiner Harnblase. Sofort beginnt es, unten aus mir herauszulaufen; gut, dass ich lediglich eine Boxershort anhabe. Ich verbiete mir, den Harnfluss hinauszuzögern oder währenddessen zu stoppen. Ich lasse es laufen, ich lasse es geschehen. Ein befreundeter Architekt sagte mir einmal im Zusammenhang mit einer baulichen Maßnahme: »Wasser muss fließen.« Daran muss ich jetzt denken. Wie Recht dieser Architekt doch hatte. Ich lasse es also fließen, so wie Wasser fließen muss. Es sucht sich seinen Weg ohnehin von selbst. Ich merke die Nässe an meinem Unterleib und stelle mir vor, wie der Urin allmählich in die Matratze sickert. Was für eine Sauerei! Millionen von Milben ertrinken jetzt. Muss ich als Tierfreundin nun ein schlechtes Gewissen haben? Ich werte diese Frage als eine rein rhetorische, denn ich habe keine Ahnung, wie eine probate Antwort in meinem Fall ausfallen müsste! Hauptsache ist, ich spüre eine wohlige Entspannung in mir. Und eine gewisse Art von Befriedigung. Ich atme auf, als die Blase schließlich komplett entleert ist. Dann warte ich ...

Wie von mir prognostiziert, geht es nach einer Weile los. Der warme Urin, der meine Boxershort

31

durchdrungen hat, beginnt allmählich, sich abzukühlen und seine unausweichliche Klebewirkung zu entfalten. Diesen thermalen und haftenden Vorgang registriert mein Unterleib und insbesondere meine Klitoris sehr aufmerksam. Natürlich ist das alles in erster Linie eine Kopfsache, aber jetzt an etwas anderes zu denken als an meine gegenwärtige prekäre Situation, schaffe ich nicht. Das von mir erwartete Szenario beginnt. Vulkanische Explosionen entstehen in der Tiefe meines Unterleibs und zündeln zunehmend an meiner stets sensiblen und empfänglichen Klitoris. Wenige Sekunden später habe ich einen kurzen, aber heftigen Orgasmus. Letztlich ist das aber nicht wirklich etwas Besonderes für mich, denn derartige Orgasmen hatte ich heute bereits unzählige.

Gott, wie ich sie hasse!

Lars kommt erst gefühlte fünf Stunden, nachdem ich meine Blase entleert habe, aus der Uni zurück. Ich höre deutlich, wie er seine Sachen verstaut und in der Küche zu werkeln beginnt. Tatsächlich war er, wie von ihm versprochen, insgesamt nur zwei Stunden fort. Jetzt aber lässt er sich verdammt viel Zeit, nach mir zu sehen. Was fällt dem denn ein! Sorgt er sich etwa doch nicht so sehr um mich, wie er vorgegeben hat? Oder habe ich ihn vorhin mit meiner etwas schnippischen Art auf Abstand gehalten? Möglicherweise lässt er mich aber auch absichtlich zappeln. Gefällt es ihm, Macht über mich zu haben? Das sollte es lieber nicht! Einmal ließe ich ihm den Spaß, ein zweites Mal würde er es schon bereuen. Aber nein, Lars ist nicht so einer. Er ist ein wirklich lieber Kerl, eine fürsorgliche Seele. Und genau so einen Mann brauche ich an meiner Seite. Allerdings scheue ich mich in der gegenwärtigen Situation, nach ihm zu rufen. Es wäre das klare Eingeständnis, dass ich während meines Experiments ohne ihn doch nicht zurechtkomme. Nein, diese Blöße will ich mir nicht geben. Früher oder später wird Lars von selbst kommen und dann sehen, was passiert ist. Und wenn er kommt, wird er es womöglich erst riechen, bevor er es sieht. Zutrauen würde ich es ihm, denn er hat eine sehr feine Nase. Ich warte also geduldig, bis ich erneut sein höfliches Klopfen vernehme.

Leider muss ich das Fazit ziehen, dass der erste Tag meines Experiments im wahrsten Sinne des Wortes in die Hose gegangen ist. Allein durch meine Schusseligkeit! Nach dem ersten Pinkel-Orgasmus, so gefesselt am Bett, hatte ich noch sechzehn weitere! Alle von unterschiedlicher Intensität. Ich bin völlig fertig. Nicht weil ich diese Schlagzahl nicht gewohnt bin, sondern weil ich es nicht gewohnt bin, mich dabei nicht sonderlich bewegen zu können. Dieses doppelte Gefühl der Machtlosigkeit und des völligen Ausgeliefertseins ist auch für mich absolut neu. Und ich muss sagen: Es gefällt mir überhaupt nicht! Ein richtiges Scheißgefühl! Nur gut, dass Sommer ist. So ist meine Pfütze unten herum schon fast wieder getrocknet. Eine Restfeuchte spüre ich unter mir gleichwohl, gut gespeichert im Matratzenkern, in dem jetzt wahrscheinlich Millionen von toten Milben liegen, die alle elendig ertrunken sind.

Es klopft an der Tür. Endlich!

»Komm herein!«

Lars betritt das Zimmer. Er rümpft sogleich die Nase, schaut sich aber erst im Zimmer um, bevor sein irritierter Blick auf mich und mein Malheur fällt. Verdattert sagt er meinen Namen, so als geschehe es just in diesem Moment.

»Lars, beruhige dich, das ist schon vor einer ganzen Weile passiert. Es müsste also schon so gut wie trocken sein.«

Ohne etwas zu sagen, geht Lars zum Fenster und öffnet es weit. Die Schwüle des Sommers hält Einzug. Frischluft, die sogleich meine Nase umgarnt, aber auch meine Unterleibsregion zu kühlen beginnt, erzeugt in Sekundenschnelle Gänsehaut an meinem ganzen Körper. Ich bekomme einen weiteren Orgasmus.

»Wie war es in der Uni?«, versuche ich ein banales Gespräch zu beginnen, während ich Lars verkrampft anlächle. Mein Orgasmus vereinnahmt mich sehr, was ich ihm aber nicht zeigen möchte, letztlich aber auch nicht verheimlichen kann.

»War das Teil deines Experiments?«, fragt er scharf, ohne auf meine gegenwärtige Situation Rücksicht zu nehmen; für Lars sind meine zahlreichen Orgasmen ohnehin nichts Besonderes mehr. Meine Frage ignoriert er gänzlich.

»Ehrlich gesagt: Nein. Aber ich habe mein kleines Malheur im Nachhinein zum Bestandteil meines Experiments gemacht. Es war dann doch so etwas wie eine notwendige Erkenntnis.«

»Ach tatsächlich?« Lars schaut auf das leere Wasserglas.

»Bind mich los! Für heute erkläre ich mein Experiment für beendet. Zweieinhalb Stunden reichen. Am ersten Tag will ich es nicht übertreiben.« Mein jüngster Orgasmus ist abgeflaut.

Lars nickt und bindet mich los. Ich setze mich auf die Bettkante. Meine getrocknete Boxershort haftet noch an Po und Muschi. Ich stelle mich hin. Durch mehrmaliges sachtes Ziehen löst sie sich von der Haut. Ich wundere mich, dabei nicht erneut einen Orgasmus zu bekommen. Unberechenbar sind sie selbst dann, wenn sie in meiner sicheren Erwartung ihres Kommens nicht kommen wollen. Mann, jetzt verteufle ich sie schon, wenn sie sich zurückhalten! Unglaublich! Ich strecke mich ausgiebig und mache ein paar Kniebeugen. Lars beäugt mich währenddessen sehr aufmerksam. Schließlich richtet er seinen Blick wieder auf meine Matratze und begutachtet die einschlägige Stelle des Geschehens. Ehe er etwas sagen kann, verschwinde ich aus dem Schlafzimmer und komme wenig später mit meinem Föhn zurück. Einige Minuten lang halte ich ihn über die restfeuchte Stelle. Lars steht die ganze Zeit wie angenagelt neben mir und sieht schweigend zu. Aus den Augenwinkeln meine ich, sein Unverständnis über mein unhygienisches Missgeschick zu erkennen.

»Hast du ein Problem mit alledem?«, frage ich vorwegnehmend, nachdem ich den Föhn ausgeschaltet habe.

»Nein, nicht wirklich«, antwortet er prompt, so als habe er auf meine Frage schon gewartet.

»Dann ist ja gut«, sage ich forsch.

»Ich vermute, es war nicht vermeidbar.«

»Ich habe so ziemlich an alles gedacht, daran jedoch nicht. Es ist nun mal passiert. Aber du hast ja kein Problem damit.«

»Nein, habe ich nicht.«

Wir stehen uns eine Weile schweigend gegenüber. Ich merke, wie ich die frische Sommerluft genüsslich ein- und wieder ausatme.

»Es war ganz okay«, sagt Lars schließlich.

»Äh, was jetzt?«, wundere ich mich.

»Na, du hast mich doch gefragt, wie es in der Uni war.«

»Ach das jetzt.«

Erleichtert blicke ich Lars in die Augen. Ich lege den Föhn auf das Bett, gehe einige Schritte auf ihn zu und umarme ihn innig. Dann küssen wir uns leidenschaftlich. Lars darf mich dabei an meiner linken Halspartie streicheln. Wir wissen beide, was das bedeutet. Aber egal, er hat sich meinen natürlich nicht lange auf sich wartenden Orgasmus verdient. Lars liebt diese Art und Weise meines Kommens, wenn er mich an besagter Stelle berühren darf. Das ist meine besondere Belohnung für ihn und mein ganz spezielles Zeichen, dass ich ihn liebe. Gleichwohl weiß er auch, dass ich für ihn in diesen Momenten ein Opfer bringe. Genießen kann ich zwar seine Küsse und sein zärtliches Streicheln, die jedes Mal entstehenden Orgasmen aber leider nicht. Sex werden wir aber heute nicht haben - wieder einmal nicht.

Tag Zwei meines Experiments. Ich bin wieder ans Bett gefesselt. Für zwei Stündchen, bis zum Mittagessen. Lars wird zwei Pizzas in den Ofen schieben. Trinken werde ich bis dahin nichts, und meine Blase habe ich wohlweislich zuvor entleert. Zudem habe ich mit Lars ausgemacht, dass er einen meiner beiden Arme von den Fesseln befreit, bevor er die Wohnung verlässt. Das wird frühestens heute Nachmittag der Fall sein, wenn er wieder in die Uni muss. Sicher ist sicher, nicht nur wegen eines eventuellen Pinkeln-Müssens. Für alle Fälle liegt mein Handy griffbereit auf meinem Nachttischchen neben mir. Die Disziplin, meine dann freie Hand nicht experimentswidrig einzusetzen, bringe ich auf. Da sehe ich kein Problem.

Ich starre erneut die Decke an und frage mich nach einer Weile, warum es zwar Wandbilder gibt, aber keine Deckenbilder. In alten Kirchen und Schlössern wurden ja auch nicht nur die Wände bemalt; große, prachtvolle Deckenfresken gehören zum üblichen Erscheindungsbild derartiger Bauten. Gut, wer außer mir starrt schon in einem normalen Wohnraum stundenlang die Decke an, und das über mehrere Tage hinweg! Allenfalls unfreiwillig Wachkomapatienten, sofern ihr Geist, wie einige Neurologen meinen, noch wach ist. Für gewöhnlich interessiert mich die künstlerische Beschaffenheit meiner Zimmerdecke nicht.

Die Bilderindustrie könnte gleichwohl mal testen, ob hierfür ein Markt bestünde. Die Leute haben heutzutage ja alles Mögliche an Kitsch und Dekorationsgegenständen in ihren oft überfüllten Zimmern. Deckenbilder haben sie aber noch nicht; diese könnten durchaus eine Erfolgsstory werden. Krankenhäuser und sonstige Einrichtungen im Gesundheitswesen könnten ebenfalls mit Deckenbildern verschönert werden und zugleich Therapiezwecken dienen.

Ich erinnere mich sogleich an einen Zahnarzttermin. Oberhalb der Behandlungsleuchte war ein mittelgroßes Glasbild aufgehängt, auf das der Patient zwangsläufig schauen musste, wenn er während der Behandlung die Augen offenhielt. Auf dem hellen Bild war eine kleine bogenförmige Holzbrücke zu sehen, die in einem Licht durchfluteten Wald über ein Bächlein führte. Ein sehr idyllisches Motiv, fast schon paradiesisch; für manche vielleicht eher kitschig. Wie dem auch sei, mir half es, denn das Bild vermittelte mir etwas Friedvolles während meiner Behandlung, wozu auch Bohren gehörte. Durch das Bild wurde ich gut abgelenkt. Ich nahm mir einfach vor, mich auf die Brücke zu begeben und mit der Natur zu verschmelzen. Nach der Behandlung sprach ich meinen Zahnarzt auf das Bild an. Er bestätigte mir, dass einige seiner Patienten ähnlich positive Erfahrungen gemacht hätten. Auf meine Frage, ob in dem Brückenmotiv eine Metapher zu seiner Tätigkeit zu sehen sei - schließlich baue er die eine oder andere Brücke bei seinen Patienten ein -, blickte er mich erstaunt an. Darauf sei er noch nie angesprochen worden, und er selbst habe einen derartigen Zusammenhang auch nicht beabsichtigt. Bei genauerer Betrachtung sei mein Gedanke aber durchaus naheliegend. Bei einem Zahnarzttermin zwei Jahre später hing dieses Glasbild nicht mehr dort. Anstelle dessen befand sich ein anderes Glasbild, auf dem eine sommerliche Blumenwiese abgebildet war. Den Grund für den Bildertausch habe ich nicht erfragt. Das neue Motiv erfüllte aber ebenfalls seinen Zweck.

Die beiden Zahnarzttermine liegen schon eine Weile zurück. Probleme mit meiner Dauererregtheit hatte ich damals noch nicht. Mittlerweile meide ich Zahnärzte, soweit ich kann. Denn bereits Sekunden nach Anstellen eines Bohrers, könnte ich nicht mehr ruhig auf dem Zahnarztstuhl sitzen bzw. liegen. Dieses fürchterliche Summen des Bohrers ist das Schlimmste für mich. Ein richtiges Folterinstrument. Selbst das feste Anschnallen an den Zahnarztstuhl würde eine absolute Ruhestellung bei mir nicht garantieren. Orgasmen kämen im Minutentakt. Gottlob habe ich in meiner Nähe eine Zahnklinik gefunden, die mich unter Vollnarkose behandeln würde, allerdings auf private Rechnung, denn meine gesetzliche Krankenkasse übernähme die hier anfallenden Behandlungskosten mangels medizinischer Notwendigkeit nicht. Zum Glück musste ich diese Klinik noch nicht in Anspruch nehmen, was sicher auch das Resultat meiner guten Zahnpflege und Mundhygiene ist. Seit Beginn meiner Dauererregtheit pflege ich meine Zähne mit dem vollen Programm: Ultraschallzahnbürste, Zahnseide, hochwertige Zahnpasta und Fluorid-Gel, Mundspülungen. Für meine Zähne gebe ich einiges mehr aus als für meine kosmetischen Artikel. Wenn ich also meiner Krankheit zum jetzigen Zeitpunkt etwas Positives abgewinnen will, dann das: Meine Zähne erfahren durch sie eine perfekte Pflege.

Während meiner Gedanken über Deckenbilder hatte ich keinen Orgasmus. Ich bin die ganze Zeit beschwerdefrei geblieben, immerhin gefühlte zwanzig Minuten. War das nun schon ein erstes Ergebnis, vielleicht sogar die Haupterkenntnis in einem so frühen Stadium meines Experiments? Empfohlene Therapie: Blase entleeren und dann durch Fesseln ans Bett ruhig stellen, während die weiße oder nach Belieben auch bebilderte Decke gedankenerfüllt angestarrt wird? Ein schönes Resultat bis hierhin, wie ich finde. Wie sieht es aber aus, wenn ich über wirklich ernste Dinge nachdenke? Gibt es hierzu einen Unterschied? Welches ernste Thema könnte ich nun heranziehen, um das herauszufinden? Ich könnte mir - um im weitesten Sinne bei Bildern zu bleiben - mein eigenes Krankheitsbild einmal vor Augen halten, zum Beispiel in Form einer Präsentation. Es wäre ohnehin sinnvoll, das zu tun, denn spätestens mit Gründung meines Instituts müsste ich einiges hierzu zu Papier bringen. So kann ich in meiner gegenwärtigen Situation schon etwas üben. Ich muss schmunzeln.
Wie aber fange ich mit der Präsentation an? Am besten mit der Beschreibung meiner Krank-

heit. Sofort habe ich die mehrseitige Hochglanz-broschüre des Instituts vor Augen, das ich eines Tages einmal gründen werde: Auf dem Cover ist das Institutsgebäude abgebildet, im Innenteil folgen ein paar einleitende Worte der Institutsgründerin und -leiterin, natürlich mit einem Bild von ihr, also von mir, das mich als junge, sympathische Frau zeigt. Auf der nächsten Seite folgt die sachliche Darstellung der Krankheit, der sich das Institut verschrieben hat. Das könnte in Form eines nüchternen, aber informativen Beitrags erfolgen oder etwas aufgelockerter in Form eines mit mir geführten Interviews. Am besten mit einigen Fotos von mir, wie man es von diversen Interviews mit Politikern oder Wirtschaftsbossen her kennt, wenn sie ihre Ausführungen mit einer ausdrucksstarken, manchmal auch etwas übertriebenen Gestik und Mimik untermauern wollen. Bei mir müsste allerdings alles sehr natürlich wirken, auf keinen Fall gekünstelt bzw. gestellt. Einleitend könnte es etwa heißen:

Lea Bachmann, Gründerin und Leiterin des Instituts, im Interview über Aufgaben, Ziele und Philosophie des Instituts.

Frau Bachmann, welcher Krankheit widmet sich Ihr Institut?
Das Institut zur Erforschung der andauernden genitalen Erregungsstörung e.V. widmet sich der wenig bekannten Krankheit PGAD. Das ist die Abkürzung für *"persistent genital arousal disorder"*, was wörtlich übersetzt heißt: dauernde Erregung und Funktionsstörung im Genitalbereich,

kurz *"Persistierende genitale Erregung"*. Dabei handelt es sich bei den betroffenen Personen um eine ungewollte genitale Erregung in Abwesenheit psychischen sexuellen Verlangens; diese Krankheit hat also nichts mit sexuellen Wünschen, Gedanken oder Handlungen zu tun. Sie darf daher nicht mit einer Hypersexualität verwechselt werden, denn hier geht es um ein gesteigertes sexuelles Verlangen bzw. sexuell motiviertes Handeln. Beides ist strikt voneinander abzugrenzen. Nach unseren Erkenntnissen sind von PGAD in erster Linie Frauen betroffen, und zwar Frauen jeden Alters. Wir kennen aber auch vereinzelte Fälle, in denen Männer unter dieser Krankheit leiden.

Warum brauchen wir das Institut?
Wir brauchen das Institut schon deswegen, weil es weltweit das einzige seiner Art ist, das sich ausschließlich mit dem Krankheitsbild PGAD beschäftigt. Seine Aufgabe ist es zunächst, ein Bewusstsein für diese Krankheit zu schaffen. Weil sie äußerst selten ist, gibt es auf diesem Gebiet bisher auch keine nennenswerte Forschung, zwar einige Ideen und Theorien, aber keine gesicherten Erkenntnisse, zum Beispiel was diese Krankheit auslösen könnte. Daher gibt es auch keine zielgerichteten Therapien, weder auf medikamentösem, physikalischem noch auf operativem Gebiet. Betroffene kämpfen zunächst mit sich und ihrer Glaubwürdigkeit, da die von ihnen aufgesuchten Ärzte und Heilpraktiker mit den geschilderten Krankheitssymptomen in der Regel

nichts anzufangen wissen und die Betroffenen daher oft nicht ernst nehmen, im schlimmsten Fall sogar für "verrückt" halten. Zur körperlichen kommt dann meist auch deren seelische Qual. Ein Teufelskreislauf beginnt, an dessen Ende sogar Selbstmordgedanken stehen können, in traurigen Fällen nicht nur Gedanken daran. Das Institut unterstützt, wie der Name schon sagt, die Forschung auf dem Gebiet PGAD, und das nicht nur finanziell. Es hat sich sehr stark der Information rund um PGAD verschrieben. Die Kernaufgaben des Instituts können zusammengefasst werden: Bewusstsein schaffen für PGAD, Vorantreiben der Forschung, Aufklären.

Wie klärt Ihr Institut konkret auf?
Es organisiert Vorträge und ganze Vortragsreihen, es gründet und unterstützt regionale, aber auch überregionale Selbsthilfegruppen und Interessengemeinschaften, es betreibt ein Forum für Betroffene und Fachleute und gibt einen halbjährlichen Newsletter heraus. Das Institut ist Anlaufstelle für alle Betroffenen, was besonders wichtig ist. Wir halten individuellen Kontakt und helfen mental wie auch finanziell, wo wir nur können. Darüber hinaus stehen wir in ständigem Kontakt mit seriösen Vereinen und Verbänden im Bereich Gesundheitswesen und Patienten. Ferner engagieren wir uns sehr stark im versicherungsrechtlichen Bereich, damit gesetzliche Krankenkassen wie auch private Krankenversicherungen PGAD eines Tages als das anerkennen, was sie ist: eine Krankheit, die medizinische Beachtung verdient.

Über alle unsere Projekte, Veranstaltungen, Gespräche und Kontakte informieren wir ausführlich auf unserer Homepage. Das neueste Projekt - ein Mammutprojekt - ist die Organisation des ersten weltweiten Kongresses zu dem Thema PGAD.

Voller Begeisterung muss ich meinen Gedankenfluss zur Institutsbroschüre unterbrechen. »Wow! Was für ein Interview«, schießt es mir durch den Kopf. Und das Institut: ein Traum. Hätte es diese Einrichtung zu Beginn meiner Krankheit bereits gegeben, was hätte sie mir für hilfreiche Tipps geben können. So manche Peinlichkeit und Albträume wären mir in der Vergangenheit sicher erspart geblieben. Doch jetzt nicht den Faden verlieren! Vielmehr sollte ich weiterhin auf der Welle der Begeisterung reiten. Das Interview ist noch nicht beendet. Es darf allerdings auch nicht zu lange werden. Schließlich soll es Bewusstsein schaffen und die Neugier wecken, nicht jedoch einschläfernd wirken. Mit dieser Vorgabe mache ich weiter.

Welches Ziel verfolgt Ihr Institut auf internationaler Ebene?
Neben den vorhin beschriebenen Aufgaben haben wir uns zum Ziel gesetzt, PGAD in der medizinischen Fachwelt als anerkanntes Krankheitsbild zu verankern. Wir arbeiten daher verstärkt daran, dass PGAD in gängige internationale statistische Diagnoseklassifikationen Aufnahme findet, wie etwa bei ICD, dem wichtigsten, weltweit anerkannten Diagnoseklassifikationssystem

der Medizin, oder bei DSM, einem Klassifikationssystem in der Psychiatrie. Ein weiteres Ziel des Instituts ist die Gründung und Etablierung einer institutseigenen Akademie sowie einer ebensolchen Stiftung.

Welchen Anreiz schafft Ihr Institut, die Forschung im Bereich PGAD voranzutreiben?
Kommendes Jahr werden wir einen internationalen Preis für wissenschaftliche Arbeiten auf dem Gebiet rund um die Erforschung von PGAD ausloben. Dieser Preis soll sich etablieren und von Jahr zu Jahr an Bedeutung gewinnen. Darüber hinaus unterstützen wir Medizinstudenten mit Blick auf ihre Doktorarbeit. Sofern sich ein Doktorand dem Thema PGAD widmet, werden wir ihn finanziell unterstützen, damit er sich voll und ganz auf seine Doktorarbeit konzentrieren kann und nicht etwa nebenher Jobben muss.

Wie finanziert sich Ihr Institut?
Es finanziert sich hauptsächlich durch Spenden. Förderlich ist auch die von staatlicher Seite aus anerkannte Gemeinnützigkeit des Instituts. Es vereinnahmt darüber hinaus Mitgliedsbeiträge und Teilnahmegebühren.

Frau Bachmann, vielen Dank für das Interview!

Unmittelbar nach Beendigung des Interviews klopft Lars an die Tür und tritt ins Schlafzimmer ein, ohne mein »Herein« abzuwarten. Diesmal ist er höflich und unhöflich zugleich. Auf jeden Fall aber kommt er zum richtigen Zeitpunkt, so als habe er gelauscht und das Ende meines fingierten Interviews abgewartet.

»Könntest du dir einen Markt für Deckenbilder vorstellen?«, schmettere ich ihm, aufgeputscht durch mein gelungenes Interview, direkt die Frage entgegen.

»Was?«, fragte er verdutzt zurück.

»Na, kannst du dir vorstellen, dass so manche Räumlichkeit in Wohnungen und Häusern neben Wandbildern auch mit Deckenbildern bestückt wird?«

»Wie kommst du denn darauf?« Lars ist ein Meister der Gegenfrage.

»Durch kluge Überlegung«, sage ich spitz.

Lars weiß mit meiner Frage nichts anzufangen und zuckt nur kurz mit den Schultern.

»Ich wollte lediglich schauen, wie es dir geht. Mir kam es so vor, als führest du bereits Selbstgespräche.«

»Ja, wenn es mit den Deckenbildern nicht klappen sollte, gründe ich eben ein Institut zur Bekämpfung meiner Krankheit. Und dieser Kampf soll keiner gegen, sondern einer mit Windmühlen werden, denn das Institutsgebäude selbst wird eine Windmühle sein, von mir höchstpersönlich erobert. Und du wirst mein Sancho Panza werden und mir Gefolgschaft leisten. Jegliches Scheitern gehört der Vergangenheit an. Die Geschichte von Don Quichotte wird komplett neugeschrieben - von einer Frau. Von mir!«

Ich muss lachen. Lars nickt, während er mich verständnislos und ein wenig verunsichert anlächelt, so als wolle er einer Verrückten beipflichten, damit ihre geistigen Ergüsse nicht weiter ausufern.

»Sancho Panza, so binde er mich sofort los. Ich muss meine erhabenen Gedanken von vorhin mit Feder und Tinte geschwind zu Papier bringen. Zuvor aber hole er uns noch einen wohltemperierten Schaumwein. Wir wollen nicht versäumen, ein edles Tröpfchen darauf zu verkosten.«

»Auf deine neuen Pläne?«

»Nein du Dösel, sondern darauf, dass ich seit über einer Stunde keinen Orgasmus hatte. Halleluja!«

Lars und ich prosten uns zu. Unsere Sektgläser berühren sich dabei nicht. Das Klirren würde mich zu sehr an das schrille Klingeln einer Fahrradklingel erinnern. Ein Orgasmus wäre die zwangsläufige Folge. Und da ich mit Lars darauf anstoße, seit über einer Stunde keinen Orgasmus bekommen zu haben, möchte ich diesen Erfolg mit dem Anstoßen unserer Gläser nicht gleich wieder zunichte machen.

Apropos Fahrrad: Wegen meiner ständigen Orgasmen kann ich schon lange kein Fahrrad mehr fahren. Sobald ich auf dem Sattel sitze, geht es bei mir schon los. Die Erschütterungen, so minimal sie auch sein mögen, reichen aus, um ein ungeheures Beben in meinem Unterleib zu erzeugen. Innerhalb von wenigen Sekunden durchzuckt es mich auf das Heftigste. Meine Muschi droht jedes Mal zu explodieren, und ich fahre dann nicht mehr mein Fahrrad, sondern mein Fahrrad fährt mit mir. Meist schaffe ich nie mehr als zweihundert Meter. Dann bin ich fix und fertig und ich muss abbrechen, um nicht gänzlich die Balance zu verlieren und auf die Schnauze zu fallen. Ungefährlich ist das also nicht. Einmal bin ich tatsächlich gestürzt, was bei der geringen Geschwindigkeit, die ich fuhr, an sich nicht so schlimm gewesen wäre. Wenn nicht genau an der Sturzstelle einige Dutzend hüfthohe Brennnesseln gestanden wären. Nach kürzester Zeit brannte und juckte meine Haut so sehr, dass ich sie mir am liebsten vom Leib gezogen hätte. Ich kratzte mich ohne Unterlass, bis meine Arme und Beine wie überdimensionierte Blutegel aussahen, von meinem Hals und meinem Gesicht ganz zu schweigen. Trotzdem bin ich eine Zeit lang immer wieder Fahrrad gefahren, wobei von Fahrradfahren im eigentlichen Sinne keine Rede sein kann. Es ist mehr wie ein kurzer Feuerritt im Inneren eines Vulkans; Lava brodelt in Sekundenbruchteilen in mir und schießt rasend an die Oberfläche, ohne Rücksicht auf Verluste. Oder es ist wie ein kühner Wellenritt auf einer Detonationswelle, die sich nach einer Explosion unkontrolliert in alle Richtungen ausbreitet und mich schließlich zu zerreißen versucht. An die fünfzig Fahrten habe ich auf meinem Hollandrad schon hinter mir - auf einem abgelegenen Waldweg einige Hundert Meter von meiner Wohnung entfernt; stets allein, stets zu Forschungszwecken; ohne Gelenkschoner, ohne Rückenprotektor, ohne Helm, letztlich sehr unvernünftig. Ich wollte aber unbedingt herausfinden, ob es eine Möglichkeit gibt, mich mit dem Fahrrad fortbewegen zu können, ohne einen Orgasmus zu bekommen. Ich bin im Stehen gefahren und in einem bestimmten Winkel auf meinen Pobacken sitzend auf dem Gepäckträger, und zwar so, dass meine Muschi keinen Kontakt zum Drahtgestell des Gepäckträgers hat. Oder ich habe mein Rad einfach nur wie einen Roller benutzt. Doch egal, was ich ausprobiert habe, es hat nichts funktioniert, absolut gar nichts. Das, was variiert hat, war die Zeitpunkt und die Intensität des jeweiligen Orgasmus. Aber wie gesagt, mehr als zweihundert Meter habe ich nicht zurücklegen können. Denn schnell zeigte sich, dass so etwas wie der Pawlowsche Reflex bei mir hervorgerufen wurde, wenn Teile meines Rads aufgrund kleinster Unebenheiten des Fahrweges zu ruckeln anfingen. Genauso wie die Speichelsekretion bei den Pawlowschen Hunden ausgelöst wurde, wenn sie Nahrung sahen oder Klingeltöne hörten, beginne ich absolut zuverlässig, unten feucht und infolgedessen erregt zu werden, sobald die Schutzbleche meines Rads zu vibrieren beginnen oder ich das Summen des Dynamos meines betagten Fahrrads höre, wenn ich mit Licht fahre. Selbst wenn ich mein Fahrrad nur schiebe, bleibt der Pawlowsche Reflex bei mir nicht aus. Ich kann machen, was ich will, aber mein Zweirad ist der Garant dafür, Orgasmen zu bekommen, darauf könnte ich jede Wette abschließen. Also fahre ich kein Rad mehr. Ich vermeide sogar jeglichen Blick darauf, denn allein der Anblick meines Rads, aber auch der auf fremde Räder, erzeugt ein Kribbeln in mir, das sich in vielen Fällen zu einem Orgasmus entwickelt. Rettung ist manchmal nur möglich, wenn ich sofort wegschaue wie ein kleines Kind, das einen Mann im Nikolaus-Kostüm fürchtet. Hilfreich kann auch sein, wenn ich zusätzlich an etwas Schreckliches, Trauriges oder für mich besonders Ekelhaftes denke, wie etwa an Erdnussflips. Wenn mich aber ein Rad-fahrer unvermittelter Dinge von hinten mit seiner Fahrradklingel anbimmelt, etwa weil ich als Fuß-gänger zu weit in sein Hoheitsgebiet geraten bin, dann nützt auch die schnellste und beste Verdrängungstaktik, also sofort an etwas Schreckliches, Trauriges oder Ekelhaftes zu denken, nichts. Zeit, meinen Orgasmus in die Schranken zu weisen, habe ich dann nicht mehr. Aus diesem Grund hasse ich Fahrradklingeln. Ich hasse sie über alle Maßen, sie stehen nach Erdnussflips direkt an zweiter Stelle. Nach meinem Dafürhalten müssten Fahrradklingeln verboten werden, und so sucht man an meinem Rad eine solche vergebens. Schließlich kann man genauso gut rufen oder mit seinem Mund Klingeltöne nachahmen, um auf sich aufmerksam zu machen. Das wäre ohnehin viel individueller und persönlicher als das bloße Betätigen einer Fahrradklingel. Dennoch werde ich mein Rad nicht entsorgen. Letztlich ist es für mich ein Symbol der Hoffnung, es nach meiner Gesundung - so Gott will - wieder normal handhaben zu können. Vielleicht brauche ich es zuvor auch noch einmal zu Therapiezwecken, wer weiß das schon. Momentan steht es in meiner Garage und staubt vor sich hin.

»Lea, Prösterchen!«, schiebt Lars unserem Zuprosten ermahnend nach, als er merkt, dass ich wegen meiner Gedankenversunkenheit bisher noch nicht einmal an meinem Sektglas genippt habe. Das hole ich sofort nach und nehme einen kleinen Schluck, den ich genüsslich die Kehle hinunterfließen lasse. Herrlich, dieses Prickelwasser, das für mich erfreulicherweise ungefährlich ist und bei mir, warum auch immer, anders wirkt als Mineralwasser. Erstaunlich und unlogisch zugleich, aber was ist in meiner Situation schon nachvollziehbar!

»Lars, du kannst dir gar nicht vorstellen, wie schön es ist, mal über eine Stunde orgasmenfrei zu sein.«

»Vermutlich kann ich mir das wirklich nicht vorstellen. Vor allen Dingen, weil du ja seit über einem Jahr schon die Tortur mit deinen Orgasmen mitmachst. Ein echter Hammer!«

»Da sagst du was, ein Honigschlecken ist das wirklich nicht. Ich weiß noch genau den Tag, an dem alles begonnen hat. Es war am 26. Juni letzten Jahres, einem Dienstag, kurz vor 10:00 Uhr morgens. Ich war wie jeden Tag im Krankenhaus und wollte gerade zu Frau Karstens, von der wir annahmen, dass sie nur noch wenige Stunden zu leben hatte. Ich habe es noch ganz deutlich vor Augen, so als sei es gestern gewesen. Ich wartete auf den Aufzug. Dr. Mühlensiep, Schwester Annegret und zwei weitere Personen, vermutlich Patienten-Besucher, wollten ebenfalls mit ihm fahren. Schon während des Wartens hatte ich ein komisches Gefühl, das ich jedoch nicht richtig einordnen konnte. Und bis heute weiß ich nicht, ob dieses Gefühl eine gewisse Vorahnung auf das Kommende oder einfach nur ein körperliches Unwohlsein gewesen ist, was mit meiner beginnenden PGAD nichts zu tun hatte.

Der Aufzug kam. Ich ging als Erste hinein und drückte auf die Taste für die fünfte Etage, Schwester Annegret drückte auf Taste Vier und einer der Besucher auf Taste Zwei. Dass ich als Erste in den Aufzug ging, erwies sich rückblickend als Glücksfall. Denn wer als Erster in einen Aufzug geht, steht hinten. In der Regel wenden die Mitfahrer einem dann den Rücken zu. Und so war es auch dieses Mal. Gut war auch, dass sich Dr. Mühlensiep mit Schwester Annegret und die beiden Besucher miteinander unterhielten, somit schenkte mir niemand Beachtung. Nachdem wir also eingestiegen waren und die jeweiligen Knöpfe gedrückt hatten, schloss sich die Aufzugstür. Anders als sonst spürte ich unmittelbar nach Aufnahme der Fahrt am Boden ein intensives Ruckeln und Vibrieren, das sich rasendschnell in meine Beine übertrug und schließlich weiter nach oben stieg. Bereits mit Erreichen der ersten Etage machte sich mein Unterleib in einer Weise bemerkbar, wie ich es von einem beginnenden Orgasmus her kannte. Ich presste meine Lippen aufeinander, um nur keinen Mucks von mir zu geben. »Du kriegst doch wohl jetzt keinen Orgasmus!«, schoss es mir damals entsetzt durch den Kopf. Ich glaube, ich muss augenblicklich rot geworden sein, denn mir war so, als ob literweise Blut in ihn strömte. Ich versuchte, ruhig zu bleiben, ich wollte auf keinen Fall die Aufmerksamkeit der anderen auf mich ziehen. In der zweiten Etage hielten wir das erste Mal, die beiden Besucher verließen uns. Dafür stieg Pfleger Paul hinzu, der uns Drei freundlich begrüßte. Dr. Mühlensiep und Schwester Annegret unterhielten sich weiter, die Gefahr bestand also, dass Paul, mit dem ich in der Vergangenheit einige nette Worte gewechselt hatte, sich mir zuwenden würde. Ich schaute allerdings demonstrativ auf meine

Armbanduhr und dann angestrengt an die Auf-
zugsdecke. Ich entzog mich seinem Blick und
fühlte mich dabei sehr unhöflich. Paul schwieg, er
wollte sich vermutlich nicht aufdrängen. Aber er
stand seitlich von mir und ich somit direkt in seinem Blickfeld. Der angekündigte Orgasmus
schickte sich an, sich allmählich zu entfalten.
Verzweifelt lehnte ich mich mit dem Rücken an
die Aufzugswand, meine Lippen immer fester
aufeinander pressend. Wir erreichten die dritte
Etage. »Lieber Gott, lass zumindest Paul jetzt
aussteigen!«, flehte ich im Stillen. Aber er hatte,
was mir erst dann ins Bewusstsein kam, nicht auf
eine der Aufzugstasten gedrückt, sodass ich bit-
terlich davon ausgehen musste, dass er entweder
mit Dr. Mühlensiep und Schwester Annegret oder
erst mit mir den Aufzug verlassen würde. Wir erreichten Etage Vier. Dr. Mühlensiep und Schwester Annegret verließen den Aufzug und
wünschten uns noch einen schönen Tag. Paul
rührte sich nicht vom Fleck. Ich begann, mich zu
krümmen, denn mein Orgasmus stand unmittelbar
vor seinem Höhepunkt. Geistesgegenwärtig holte
ich ein Taschentuch aus meiner Hosentasche und
hielt es mir vor die Nase, und zwar genau so, dass
mein ganzes Gesicht bedeckt war. Just in dem
Moment, in dem mein Unterleib zu explodieren
drohte, täuschte ich ein mehrmaliges, heftiges
Niesen vor, von dem ich nicht wusste, ob mir dieser Täuschungsversuch auch nur halbwegs gelang. Für mich jedenfalls hörte sich mein
gekünsteltes Niesen mit den dabei gemachten
Pieps-Lauten mehr als eigenartig an. Nur am

Rande der von mir produzierten Geräusche vernahm ich von Paul ein höfliches »Gesundheit« und ich stellte mir vor, wie er mich während meiner vermeintlichen Niesattacke aufmerksam von oben bis unten und von unten bis oben beäugte. Als sich mein Orgasmus etwas abzuflauen begann, erreichten wir die fünfte Etage und Paul ging aus dem Aufzug. Da er Anzeichen machte, zusammen mit mir weitergehen zu wollen, signalisierte ich ihm geistesgegenwärtig mit meinem rechten, nach unten wippenden Zeigefinger, dass ich noch einmal hinunterfahren müsse. »Hab blöderweise was vergessen«, quälte ich schnell die Notlüge aus mir heraus. Er hob seine Hand zum Gruß und lächelte mich verschmitzt an, bevor er sich umdrehte und ging. Bis heute beschäftigen mich dieses verschmitzte Lächeln und die damit verbundene Frage, ob er damals irgendetwas gespannt hat. Allerdings verhält sich Paul seitdem absolut normal mir gegenüber. Also hat er entweder nichts gemerkt oder er ist ein verdammt anständiger Kerl.«

»Ich kann mir deine damalige Horrorfahrt mit dem Aufzug gut vorstellen«, meint Lars sichtlich bewegt, obwohl er die Geschichte schon mehrere Male von mir erzählt bekommen hat. »Wäre sicher kinoreif gewesen.«

»Wovon du ausgehen kannst! Und vor allen Dingen ist mir eine Aufzugsfahrt vom Erdgeschoss bis in die fünfte Etage noch nie so lange vorgekommen. Sie hat eine gefühlte Ewigkeit gedauert. Seit diesem Erlebnis meide ich, wie du ja weißt, Aufzüge und gehe lieber Treppen, egal wie viele es auch sein mögen. Aufzüge sind für mich zurzeit absolut tabu. Tut meiner Beinmuskulatur ohnehin ganz gut.«

»Deinem knackigen Po allemal.«

» Lüstling Lars.« Wir lächeln uns an.

»Du bist ja dann wieder hinuntergefahren. Wie war diese Fahrt? Das hast du, glaube ich, noch nie erzählt.«

»Nicht annähernd so schlimm wie die Fahrt nach oben. Zugestiegen ist jedenfalls niemand mehr, sodass ich mich ungestört wieder einigermaßen sammeln konnte. Ich weiß noch, wie ich sofort Ursachenforschung betrieb und zunächst meine Periode bzw. meinen Eisprung in Verdacht hatte, was ich sogleich aber wieder verwarf, weil es zeitlich nicht hätte hinhauen können. Als ich im Erdgeschoss angekommen war, habe ich sofort die Damentoilette aufgesucht und mich auf einen Klodeckel gesetzt. Ich spürte noch die Nachwirkungen meines Orgasmus, die ich sogar halbwegs genießen konnte. Dass meine weiße Hose im Schritt nass geworden war, bemerkte ich erst, als meine rechte Hand unterhalb der Hosenknöpfe sanft über meine Muschi fuhr. Doch die nasse Stelle schockte mich nun auch nicht mehr. Nach etwa einer Viertelstunde habe ich das Damenklo wieder verlassen, nicht ohne es versäumt zu haben, mir zur Erfrischung kaltes Wasser ins Gesicht zu tupfen. Dass meine Hose im Schritt noch nicht ganz trocken war, störte mich nicht. Man hätte es ohnehin nur bemerken können, wenn man ganz genau hingeschaut hätte. Ich habe mich dann umgehend zu Frau Karstens begeben, diesmal natürlich über die Treppe. Leider konnte ich nicht so recht abschalten, während ich bei ihr saß. Ständig ging mir mein Erlebnis im Aufzug durch den Kopf; und das verschmitzte Lächeln von Paul. Ich denke aber, Frau Karstens hat meine Nähe gespürt. Sie schlief ohnehin die ganze Zeit und schaute dabei sehr friedlich aus. Erst in der Nacht ist sie gestorben. Leider alleine.«

»Wie viele Orgasmen hattest du an dem Tag, an dem alles anfing?«

»An diesem besagten 26. Juni hatte ich im Krankenhaus keinen weiteren Orgasmus mehr. Am Abend, kurz bevor du zu mir gekommen bist, hatte ich dann noch zwei kleinere während des Kochens; beide Male als ich mit dem Stabmixer in der Schüssel hantierte. Die haben mich aber durchaus angeregt für unseren Sex, den wir nach dem Essen noch hatten. Ab diesem Zeitpunkt steigerte sich deren Anzahl dann kontinuierlich. Zweihundertzwanzig Orgasmen waren der absolute Tagesrekord. Seitdem, also seit etwa sechs Monaten, zähle ich sie nicht mehr. Vielleicht hatte ich an manchen Tagen ja sogar noch ein paar mehr. Ausschließen kann ich das jedenfalls nicht.«

»Ich hoffe, du hast deine Hoffnung nach Hilfe noch nicht aufgegeben.«

»Doch! Zumindest nach kurzfristiger Hilfe. Denn Ärzte und Co haben mir, wie du ja weißt, bislang nicht helfen können. Diejenigen, die mich ernst genommen haben, oder vorgegeben haben, mich ernst zu nehmen, sind selbst völlig überfordert. In welcher Fachliteratur sollen sie auch nachschlagen? Es gibt ja so gut wie nichts über meine Krankheit zu lesen. Und einfach Tabletten schlucken, ohne dass nach der Ursache für meine Krankheit gesucht wird, ist nicht mein Ding. Dann lieber sich selbst therapieren und Experimente am eigenen Leib durchführen. Betroffene, die mein Schicksal teilen und mit denen man sich austauschen könnte, habe ich bisher leider nicht ausfindig machen können. Vielleicht ist das alles aber auch eine Fügung und ich sollte selbst etwas Konkretes auf die Beine stellen, um PGAD den Kampf anzusagen - um meinetwillen, aber auch um der anderen Betroffenen willen. Lars, meine Überlegung mit dem Institut ist nicht bloß eine Schnapsidee.«

»Ich weiß, Lea. Wenn du dir etwas in den Kopf gesetzt hast ...«

»... dann ziehe ich das auch durch. Und zwar gnadenlos.«

Seit einigen Jahren bin ich eine große Anhängerin der Selbstheilung. Zumindest versuche ich, mich selbst zu heilen, bevor ich zu einem Arzt gehe. Heilpraktiker oder Physiotherapeuten meide ich ebenso. Nur wenn ich mir nicht mehr anders zu helfen weiß, suche ich mir fremde Hilfe. Unter Selbstheilung verstehe ich keine Meditation, Gebete oder esoterischen Beschwörungstechniken. Vielmehr horche ich einfach in mich hinein, um zu ergründen, warum mein Körper auf einen Umstand unnormal reagiert. Erkenne ich dann die Gründe für die unnormale Reaktion meines Körpers, ändere ich mein Verhalten, meine Essgewohnheiten oder einfach nur meine Einstellung zu bestimmten Dingen. Ich glaube fest an die bewusste und unbewusste Aktivierung von Selbstheilungskräften. Diese Kräfte können nach meinem Verständnis aber immer erst nach dem erfolgreichen Hineinhorchen in den Körper beginnen zu wirken.

Ich gehe fest davon aus, dass unser Körper, unser Geist und unsere Seele eine komplexe Einheit bilden und alles mit allem in einer wechselseitigen Beziehung steht - im Positiven wie im Negativen. Eine Störung innerhalb dieser Einheit, innerhalb dieser wechselseitigen Beziehung, wirkt sich stets negativ auf das ganze Körper-Geist-Seelen-System eines Menschen aus. Ich bin auch felsenfest davon überzeugt, dass jeder

Mensch von Natur aus die Fähigkeit hat, sich selbst zu heilen. Leider haben wir es verlernt, auf unseren Körper zu hören, auf dieses In-uns-Hineinhören zu vertrauen. Vielleicht sind wir aber auch einfach nur zu sehr durch die Schulmedizin konditioniert worden, die wiederum unaufhörlich gegeißelt wird von der mächtigen Pharmaindustrie. Deren Ziel ist es, die Symptome zu behandeln, nicht aber auch die Ursache der Krankheit zu finden und zu beseitigen. Wer Kopfschmerzen hat, schluckt eine Kopfschmerztablette. Wer Husten hat, verabreicht sich einen Hustensaft. Warum auch nicht, die Werbung rät ja dazu. Doch was steckt hinter den Kopfschmerzen, was hinter dem Husten? Das fragen sich Ärzte und ihre Patienten meist nicht - und die Pharmaindustrie schon gar nicht. Schließlich lebt sie von Krankheiten und nicht von der Gesundheit der Menschen. Ein gesunder Mensch ist ein schlechter Patient und mit einem schlechten Patienten ist kein Geld zu verdienen. Doch soll man es den Gesundheitsmachern und Heilern wirklich übelnehmen? Ihre Existenz ist letztlich darauf ausgerichtet, Medikamente zu entwickeln und zu verabreichen oder durch sonstige vermeintlich gesundmachende Methoden Geld zu verdienen, je mehr, desto besser. Schließlich sind die Selbstständigen unter ihnen auch Unternehmer. Und Unternehmer müssen nun mal unternehmerisch denken, auch im Gesundheitswesen. Gleichwohl gilt: Gott hat uns den Kopfschmerz gegeben. Er hat uns aber auch die Heilungsmöglichkeit gegeben - durch Aspirin, aber auch durch die Selbst-

61

heilung ohne Medikamente. Auf wen kann man also böse sein? Ich denke auf Gott wohl am allerwenigsten.

Wirklich stolz bin ich auf mich wegen der Selbstheilung meiner ´Migräne mit Aura´ vor knapp drei Jahren. Mit ihr habe ich meine Selbstheilungs-Philosophie begründet. Daher werte ich meine damalige Migräne mit Aura als etwas durchaus Positives. Die genaue Bezeichnung für mein kurzzeitiges Leiden habe ich allerdings erst im Nachhinein erfahren - von zwei Ärzten!

Ich hatte nie Migräne, auf einmal ging es damit los. Es fing eines Morgens mit einem seltsamen Tunnelblick an. Egal wo ich hinschaute, in der Mitte meines Blickfelds sah ich einen unscharfen schwarzen Punkt. Dieser war umrandet mit dem eigentlichen Geschehen um mich herum, was sehr verschwommen war. Ich konnte also nur anhand des jeweiligen Randes mein Umfeld sehen, oder sagen wir besser, einigermaßen erahnen. Es waren beide Augen gleichermaßen betroffen. Daher nützte es auch nichts, ein Auge zu schließen oder zuzuhalten, um mit dem anderen Auge normal sehen zu können. Beide Augen, genauer gesagt mein Gehirn, fabrizierten diesen Tunnelblick, der völlig irritierend war. Egal was ich anvisierte, ich sah immer nur diesen verdammten unscharfen schwarzen Punkt in der Mitte, der meinen Blick auf das Geschehen um mich herum fast komplett verhinderte. Das Ganze wiederum war verbunden mit erheblichen Sprachschwierigkeiten. Denken konnte ich zwar relativ klar, das Sprechen stimmte aber mit meinem klaren Denken nicht überein. Zeitweise konnte ich keine vernünftigen Sätze formulieren und stammelte bzw. lallte vor mich hin, als sei ich betrunken. Dieser äußerst irritierende und befremdliche Zustand konnte bis zu zwei Stunden dauern. Dann kam mein normales Seh- und Sprachvermögen allmählich wieder zurück. Die Normalisierung dessen ging jedoch einher mit sehr starken Kopfschmerzen. Solche Kopfschmerzen waren die schlimmsten, die ich bis zu diesem Zeitpunkt erlebt hatte. Nach anderthalb bis zwei Stunden flauten auch diese ab. Danach ging es mir wieder besser. Allerdings hatte mich das alles immer sehr müde gemacht und ich musste mich einige Stunden ausruhen.

Diese Symptome hatte ich insgesamt dreimal, und das innerhalb von nur zwei Wochen. Daraufhin beschloss ich, nach der Ursache zu forschen, intensiv in mich hineinzuhorchen. Ich fragte mich, was ich an dem jeweiligen Tag bzw. an dem jeweiligen Tag davor gemacht oder gegessen hatte, was anders war als sonst. Nach einigen Überlegungen meinte ich, die Ursache für meine drei schmerzvollen Erlebnisse gefunden zu haben. Was anders war als sonst, war die Dickmilch am Morgen und der Rotwein am Abend davor. Einen Becher Dickmilch trank ich zwar jeden Morgen über einen längeren Zeitraum hinweg, aber die Kombination mit dem Rotwein am Abend zuvor - als ich zweimal mit ein paar Freundinnen Essen war und wir an jedem Abend zwei Flaschen Rotwein dazu getrunken hatten oder als mich Lars eines Abends mit reichlich Rotwein zu verführen wusste -, das war das Neue. Und tatsächlich, als ich die Kombination, Rotwein und Dickmilch in relativ kurzem Abstand zu trinken, vermied, hatte ich keine derartigen schlimmen Erlebnisse mehr.

Gut, das war´s! Ich habe mich erfolgreich selbst geheilt, weil ich die Ursache für mein Leiden gesucht und schließlich auch gefunden habe. Dachte ich zumindest! Doch ich habe richtig und zugleich auch falsch gedacht, denn einige Wochen später passierte Folgendes: Ich war bei Lars - wir wohnten damals noch nicht zusammen - und verbrachte mit ihm ein schönes Wochenende. Wir kochten uns am Sonntag etwas Leckeres zum Mittagessen. Da ich noch mit meinem Auto nach Hause fahren wollte, tranken wir einen von mir mitgebrachten Traubensaft, der zu Hundert Prozent aus roten Trauben gepresst war. Da Lars unter Calcium-Mangel litt, nahm er nach dem Mittagessen immer eine Calcium-Tablette, die er mit reichlich Flüssigkeit hinunterschluckte. An diesem Tag nahm ich auch eine, wohl wissend, dass die nur einmalige Einnahme solcher Präparate nicht viel bringt. Ich schluckte - mit Traubensaft - trotzdem eine dieser Tabletten, denn schaden, so redete ich mir ein, konnte sie ja schließlich auch nicht. Eine Stunde nach deren Einnahme fuhr ich mit meinem Wagen die knapp sechzig Kilometer auf der Autobahn heimwärts. Auf halber Strecke bekam ich dann innerhalb kürzester Zeit den Tunnelblick, den ich von meinen drei schlimmen Erlebnissen zuvor bereits kannte. Sogleich fuhr ich auf den nächsten Rastplatz und ließ den gewohnten Leidensgang über mich ergehen. Das Positive daran war, diesmal war es nicht ganz so schlimm; nach etwas über anderthalb Stunden konnte ich die Fahrt wieder fortsetzen. Währenddessen forschte ich nach. Schnell erkannte ich die Zusammenhänge meiner nunmehr insgesamt vier Erlebnisse: Ich bekam den Tunnelblick, die Sprachschwierigkeiten und die sich anschließenden starken Kopfschmerzen immer dann, wenn ich calciumhaltige Nahrung oder Nahrungsergänzungsmittel und Rotwein oder auch nur roten Traubensaft in einem bestimmten zeitlichen Zusammenhang zu mir nahm. Diese Kombination war für mich das Übel. Zu Hause angekommen, legte ich mich direkt ins Bett, erschöpft und glücklich zugleich. Seitdem meide ich diese Kombination beim Essen und Trinken. Mit Erfolg, denn entsprechende Symptome hatte ich danach nie mehr.

Nur weil ich definitiv wissen wollte, was mein Leiden war, holte ich mir einige Tage später dann doch ärztlichen Rat. Zunächst ging ich zu einem Augenarzt, dem ich meine Symptome schilderte; meine Erkenntnis und die erfolgreiche Selbstheilung erwähnte ich mit keinem Wort. Relativ schnell legte sich der Augenarzt auf Migräne mit Aura fest. Das hörte sich überzeugend an. Ich bedankte mich und ging unmittelbar danach zu meinem Hausarzt, einem Allgemeinmediziner. Auch ihm verwehrte ich die Informationen über meine erfolgreiche Selbstheilung sowie über meinen zuvor getätigten Besuch beim Augenarzt. Zu meinem großen Erstaunen kam auch er recht schnell zu der Diagnose, es müsse sich aufgrund meiner Schilderung des Krankheitsverlaufs um Migräne mit Aura handeln. In völliger Unkenntnis voneinander bestätigten sich also die beiden von mir konsultierten Ärzte gegenseitig. Nun hatte ich Gewissheit. Ich klopfte mir auf die Schulter, mich - in nunmehriger Kenntnis der genauen Bezeichnung meiner Krankheit - erfolgreich selbst geheilt zu haben. Ich ließ mich hochleben, aber auch ein wenig die beiden Ärzte.

Das Hoch auf die Ärzteschaft wandelte sich jedoch im Verlauf meiner Dauererregtheit schnell zu einem Tief. Ärzten kann ich leider nicht mehr uneingeschränkt vertrauen. Auch meine Erfahrungen mit Heilpraktikern hält sich in Grenzen. Denn ich musste schon bald erkennen, dass ich mit meiner sonderbaren Krankheit auf mich allein gestellt bin. Ich muss wieder verstärkt in mich Hineinhorchen und selbst herausfinden, warum mein Körper seit gut einem Jahr zur Dauererregtheit neigt. Tiefer und länger denn je in mich hineinhorchen, das ist die Devise. Und ich weiß heute, dass dies eine viel größere Herausforderung sein wird, als die Ursache für meine Migräne mit Aura zu finden.

So teuflisch das Fahrradfahren für mich ist, so fast schon angenehm ist es für mich, Auto zu fahren. Zwar habe ich auch hier den einen oder anderen Orgasmus, aber eben nur ab und zu; im Schnitt nur bei etwa jeder zweiten Fahrt, allerdings betrifft das nur Kurzfahrten von höchstens zehn bis fünfzehn Minuten. Bei längeren Fahrten habe ich meist mehrere Orgasmen, zum Beispiel bei Urlaubsfahrten mit vielen Autobahnkilometern. Doch auch hier hält sich mein Orgasmenaufkommen im Verhältnis noch in Grenzen, zumindest nach meiner persönlichen Orgasmus-Erhebungsstatistik. Je Hundert Kilometer habe ich etwa zwei bis drei Orgasmen. Im Stau habe ich erfahrungsgemäß mehr Orgasmen als auf verkehrsarmen Strecken. Woran das liegt, weiß ich selbst nicht. Wegen des geringeren Verkehrsaufkommens fahre ich längere Urlaubsstrecken auch lieber Richtung Osten als in die übrigen Himmelsrichtungen; und lieber nachts als tagsüber. Am liebsten fahre ich, mit Lars an meiner Seite, in den Morgen hinein. Ich liebe es, wenn mich die Morgendämmerung begrüßt und friedlich in den Tag hinein begleitet, ohne viel Verkehr, ohne Staugefahr, ohne hohes Orgasmenaufkommen.

Mein Wagen, eine alte Mercedes E-Klasse, den ich mir vor gut neun Monaten eigens wegen meiner Krankheit gekauft habe, hat eine besonders weiche Federung. Ich liebe seine soften

Stoßdämpfer abgöttisch und hasse es, in fremden Autos mitfahren zu müssen, die derartige Stoßdämpfer nicht haben. Daher bin ich in meinem Freundeskreis auch immer die Erste, die sich bereit erklärt zu fahren, wenn es um Fahrgemeinschaften zu diversen Feiern in der Umgebung geht; Autobahnfahrten meide ich in meiner Funktion als Chauffeurin aus Sicherheitsgründen jedoch völlig. Das Risiko, dass mir etwas bei einer meiner Orgasmen-Autobahnfahrten passieren sollte, ist das Eine; etwas völlig anderes wäre es aber für mich, wenn Mitinsassen bei einer Fahrt zu Schaden kämen, weil ich einen meiner Orgasmen wegen des - im Vergleich zu Landstraßen oder innerstädtischen Straßen - höhern Tempos auf Autobahnen nicht im Griff hätte und dadurch einen Unfall versuchen würde. Für mich wäre das unverzeihlich. Der positive Nebeneffekt meiner ständigen Fahrbereitschaft ist, dass ich meinen Alkoholkonsum erheblich gedrosselt habe. Nicht, dass ich vorher sehr viel getrunken hätte, aber das ein oder andere prickelnde Sektchen ist meine Kehle schon hinuntergelaufen. Doch wenn ich Auto fahre, da bin ich konsequent, trinke ich keinen einzigen Tropfen. Und da das ausnahmslos vorkommt, wenn meine Truppe feiert und wir auf mein Auto angewiesen sind, habe ich mir den ehernen Ruf "die Trockene" erworben. Und das, obwohl ich unten herum fast ständig feucht bin. Meine Freunde, die von meiner Krankheit wissen, stellen diese gegensätzliche, sich widersprechende Verknüpfung vermutlich nicht her. Heimlich vielleicht schon. Möglicherweise tuscheln sie auch untereinander, was aber für mich in Ordnung wäre. Es hat ja auch etwas Skurriles: ´die feuchte Trockene´. In jedem Fall sind sie froh, mich in ständiger Fahrbereitschaft zu haben; Angst, dass ich während eines Orgasmus die Gewalt über mein Auto verlieren könnte - sie wissen ja, dass ich aus Sicherheitsgründen keine Autobahnen mit ihnen fahre (nur bei Lars mache ich eine Ausnahme, weil er darauf besteht!) und akzeptieren daher zeitaufwendigere Fahrten auf innerstädtischen Straßen oder Landstraßen, weil ich dort im Falle eines aufkommenden Orgasmus besser, d.h. schneller und daher gefahrloser halten kann -, haben sie nicht, da vertrauen sie mir. Und das, obwohl sie bei so mancher Fahrt orgasmusbedingt schon das ein oder andere miterleben mussten. Auf unseren Touren sei dies ohnehin das absolute Highlight; das Risiko, das für sie hiermit verbunden sei, gingen sie nur allzu gern ein, frotzeln sie liebevoll. Ich lasse ihnen den Spaß, der besonders auf den Rückfahrten - wenn die ganze Meute ordentlich beschwipst ist - zu regelrechten Lachorgien ausarten kann, die auch mir unwahrscheinlich gut tun. Geben sie der Ernsthaftigkeit meiner verfluchten Krankheit doch etwas absonderlich Beglückendes, insbesondere dann, wenn ich während des Lachens einen Orgasmus nach dem anderen bekomme. In einem solchen Fall ist es doppelt gut, nicht auf der Autobahn zu sein.

Soweit es geht, und es geht fast immer, vermeide ich Taxifahrten. Gerade in kleineren Taxis kann ich nicht sicher sein, dass die Federung für mich verhängnisvoll werden kann. Einmal bin ich in einem Taxi gefahren, weil es aus beruflichen Gründen nicht anders ging - mein Mercedes war für einige Tage in der Werkstatt; ich wollte zu einer Versammlung eines Berufsverbandes, dessen Mitglied ich bin. Ich stieg hinten ins Taxi ein und gab dem Fahrer umgehend mein Reiseziel an. Er fuhr los. Bei der ersten roten Ampel stoppten wir und der Motor ging von selbst aus, was ich bis dahin nicht kannte. Nach der zweiten roten Ampel sagte mir der Taxifahrer auf Nachfragen, dass der Wagen eine Start & Stopp-Funktion für den Motor habe. Ich hatte zwar darüber gelesen, dass immer mehr Fahrzeuge serienmäßig mit einer solchen Funktion ausgestattet sind, in einem Auto mit dieser Technik saß ich bislang aber nicht. Der Taxifahrer erzählte noch, es sei unter Fachleuten nicht ganz unumstritten, ob die Start & Stopp-Funktion Sprit spare oder nicht, sie aber vermutlich in naher Zukunft bei sämtlichen Automodellen Standard sein werde. Während er sich in dieses Thema hineinsteigerte und einen begeisterten Vortrag ohne eigentliches Auditorium hielt, kam ich in eigener Sache ins Grübeln. Eigentlich ging es mir ja nicht viel anders: Auch ich habe hinsichtlich meiner Orgasmen eine Art Start & Stopp-Funktion. Startet ein Orgasmus, muss ich meine Fortbewegung möglichst schnell stoppen. Sonst wird es gefährlich, für mich, aber auch und gerade für mein direktes Umfeld. Besonders im Auto, dann muss ich umgehend anhalten. Sollte ich auf der Autobahn unterwegs sein, muss ich schnellstmöglich auf den Standstreifen fahren, die Warnblinkanlage einschalten und das Ende meines Orgasmus abwarten, bis es mit der Fahrt wieder weitergehen kann. Besonders nachts beschert mir das kein gutes Gefühl. Am besten ist es, wenn ich bei Ankündigung meiner Autobahn-Orgasmen noch genügend Zeit habe, eine Parkbucht, Tankstelle bzw. Raststelle anzufahren. Doch das glückt mir leider nur in den seltensten Fällen. Richtig problematisch wird es, wenn ich mich bei langen Autobahnbaustellen wegen fehlender Standstreifen nicht auf selbigen stellen kann. Dann kann es so richtig brenzlig werden - für mich und die übrigen Autofahrer. In diesen Situationen nehme ich stets meinen Fuß vom Gaspedal; bei erlaubten 80 km/h fahre ich höchstens 50 km/h und bei erlaubten 60 km/h sogar nur 40 km/h. Das obligatorische Gehupe hinter und neben mir lasse ich gelassen über mich ergehen, auch weil ich weiß, dass ich in der konkreten Situation für alle Verkehrsteilnehmer genau das Richtige mache. Die bösen Blicke, die ich zudem noch ernte, wenn ich überholt werde, begegne ich stets mit stoischem Ignorieren und dem Gedanken, dass mir jeder Einzelne von ihnen aufgrund meiner umsichtigen Fahrweise eigentlich zu Dank verpflichtet wäre.

Allerdings gibt es bezüglich der Start & Stopp-Funktion und mir auch einen gravierenden Unterschied. Während der Motor eines Pkws, wenn es stoppt, abgeschaltet wird, entzündet sich in meinem Unterleib, dem Motor meiner orgastischen Empfindungen, ein unkontrolliertes Feuerwerk.

Im besagten Taxi hatte ich ein derartiges Problem. Denn dieses kurze, sanfte und für meine Ohren warmherzige tiefe Brummen, wenn der Motor ausging, erzeugte nach einer Weile - natürlich ungewollt - eine Erregung in mir, die sich unnachgiebig auf meinen empfindsamen und ständig aufnahmebereiten Unterleib übertrug. Ohne groß nachzudenken, fuhr meine rechte Hand in die Handtasche und ergriff das Portemonnaie. Ich erwischte einen Zwanzig-Euro-Schein, schmiss diesen dem Taxifahrer beim nächsten Halt auf den Beifahrersitz, riss die Wagentür auf und stürmte aus dem Taxi auf eine - gottlob - verkehrsarme Straße. Das verhinderte zwar nicht, dass ich meinen Höhepunkt in gekrümmter Haltung und nicht ganz lautlos sogleich an einer etwa fünf Meter vom Taxi entfernten Laternenstange bekam, aber die Peinlichkeit, den Orgasmus noch im Taxi zu bekommen, habe ich mir dadurch erspart. Für den Taxifahrer, dessen verwirrten Blick ich im Rücken wähnte, wäre das sicherlich ein einmaliger und unvergesslicher Moment gewesen. Aber für über vierzehn Euro Trinkgeld wurde er aus meiner Sicht für die Vorenthaltung dieses Erlebnisses fürstlich entschädigt. Nach wenigen Sekunden an der Laternenstange flüchtete ich, während ich die zögerlichen Rufe des Taxifahrers, ob er mir denn irgendwie helfen könne, an mir abprallen ließ, in Richtung eines nahegelegenen Stadtparks. Dort sank ich auf eine freie Parkbank und ließ meinen Orgasmus langsam ausklingen, ehe ich den restlichen Weg von knapp zwei Kilometern zu Fuß fortsetzte.

Je nach Stimmungslage und Vorhaben nutze ich bei öffentlichen Verkehrsmitteln die Straßenbahnen. Busse meide ich. Die ruckeln und brummen mir zu viel. Mehr noch als Taxis. Straßenbahnen sind wegen ihres relativ ruhigen Dahingleitens auf den Schienen für mich ungefährlicher. Gleichwohl kann ich Fahrten mit ihnen nur dann problemlos überstehen, wenn ich "überstehen" wörtlich nehme. Hinsetzen ist nicht, nur Stehen funktioniert einigermaßen. Aber auch nur dann, wenn ich mich nicht irgendwo festhalte. Denn alleine der Gedanke, dass eine Vibration durch eine Festhalteschlaufe oder Haltestange über Hand und Arm durch meinen Körper in meinen Unterleib hinunterfahren könnte, würde in vielen Fällen ausreichen, einen Vulkanausbruch in mir auszulösen. Ich muss also freihändig stehend die Balance halten, was nicht immer ganz einfach ist, im Großen und Ganzen aber ganz gut klappt. Übung macht den Meister, Geschicklichkeit und Konzentration sind gefragt. Konzentriere ich mich auf das Balancieren, verringert sich die Gefahr für mich beträchtlich, von vibrationsauslösenden Umständen abgelenkt zu werden. Problematisch wird es, wenn ich durch äußere Umstände aus meiner Konzentrationsphase, die für mich eine Art Anti-Orgasmus-Meditation ist, herausgerissen werde, etwa durch Fahrkartenkontrollen. Bei meiner ersten Kontrolle geriet ich schon in Panik, als sich unauffällig gekleidete vermeintliche Fahrgäste wenige Meter von mir entfernt anderen Fahrgästen gegenüber als Kontrolleure zu erkennen gaben. Und diese Panik übertrug sich allmählich auf meinen Unterleib. Lange bevor ich dran war, suchte ich verzweifelt nach meiner Fahrkarte. Ich suchte und suchte, fand sie auf die Schnelle aber nicht. Ich wusste nur, dass ich kurz zuvor eine gültige Fahrkarte am Automaten gezogen hatte; Erschleichen von Leistungen, so umschreibt das Strafgesetzbuch das Schwarzfahren, was ich von Lars weiß, ist bei mir nicht drin. Auf meiner Stirn bildete sich Schweiß, als ich die Kontrolleure aus den Augenwinkeln heraus näher und näher kommen sah. In meinem Unterleib brodelte es schon beträchtlich. Als ich schließlich an der Reihe war und freundlich zum Vorzeigen meiner Fahrkarte aufgefordert wurde, zwang ich mich zu einer Notlüge. Ich müsse sofort an die frische Luft, da mir schlecht sei und die Gefahr bestünde, mich übergeben zu müssen. Ich wollte unter keinen Umständen der Gefahr ausgesetzt sein, in der Straßenbahn einen Orgasmus zu bekommen. Wie von Gott bestellt, hielt sie in diesem Moment an einer Haltestelle. Sofort hechtete ich ins Freie, die zwei Kontrolleure direkt hinterher. Natürlich mussten sie davon ausgehen, dass ich keine gültige Fahrkarte dabei hatte, die Situation schien aus ihrer Sicht eindeutig zu sein. Auf dem Bahnsteig verharrte ich eine Weile in gebückter Haltung und erlebte einen relativ kurzen, aber intensiven Orgasmus, der, begleitet von einigen seltsamen Geräuschen meinerseits, bald vorüberging. Die Kontrolleure positionierten sich links und rechts von mir, machten aber keine Anstalten, mich festzuhalten.

»Wohl ohne Fahrschein unterwegs?«, unterstellte mir einer der beiden durchaus nicht unfreundlich, nachdem er abgewartet hatte, dass ich mich wieder aufgerichtet und einige Male tief Luft geholt hatte. Mit hochrotem Kopf sah ich sie an und bemerkte erst jetzt, dass einer der beiden Kontrolleure eine schwarze Hautfarbe hatte. Ich musste innerlich lachen. Ausgerechnet dieser Kontrolleur bezichtigte mich der Schwarzfahrt. Ich schielte bei ihm und bei dem anderen hellhäutigen Kontrolleur auf die jeweiligen Ausweise, die sie in den Händen hielten. Beide hatten deutsche Nachnamen und sprachen lupenreines Hochdeutsch. Gerade als ich ihnen sagen wollte, dass ich einen gültigen Fahrschein besäße, ihn nur gerade nicht finden könne, fiel mir ein, wohin ich ihn gesteckt hatte: in meine Handyhülle. Dort verstaue ich normalerweise nie etwas, außer mein Handy. Warum es diesmal anders war, konnte ich auch im Nachhinein nicht klären, vermutlich aber war es pure Gedankenlosigkeit. Erleichtert fischte ich ihn heraus und hielt ihn ein wenig triumphierend dem schwarzhäutigen Kontrolleur vor die Nase. Dieser stutzte und prüfte den Fahrschein. Dann runzelte er die Stirn, sah mich schließlich etwas ungläubig an und bedankte sich höflich. Ob es mir denn schon wieder besser ginge, wollte er sogleich von mir wissen. Ich bejahte seine Frage und entschuldigte mich abschließend für mein Verhalten ebenso förmlich wie ehrlich gemeint, ohne es aber näher zu begründen. Sie verabschiedeten sich, gingen an den Anfang der Haltestelle und bestiegen die nur wenig später kommende

75

Straßenbahn. Diese ließ ich aus, ich wollte erst einmal zur Ruhe kommen.

Seit diesem Erlebnis umklammere ich meine Fahrkarte die gesamte Fahrstrecke. Weder ein Orgasmus noch eine Vollbremsung könnten die Umklammerung meiner Fahrkarte lösen. Allerdings bin ich nach diesem Erlebnis nur noch zweimal mit der Straßenbahn gefahren - meine erste Kontrolle war daher auch zugleich meine letzte Kontrolle. Ich sitze viel lieber in meinem heißgeliebten Mercedes und preise seine göttlichen Stoßdämpfer.

Seit sechs Jahren arbeite ich als Sterbebegleiterin. Ich kann wirklich sagen, dass ich meinen
Traumberuf gefunden habe. Schon als Mädchen
habe ich gespürt, dass der Tod etwas ganz Besonderes ist und ich keine Angst vor ihm haben
muss. Verantwortlich hierfür ist meine Oma,
denn als sie starb - ich war gerade einmal fünf
Jahre alt -, erschien sie mir für einige Sekunden
als Lichtwesen. Als Fünfjährige habe ich in dieser
Erscheinung nichts Ungewöhnliches gesehen; ich
freute mich sogar, von meiner Oma auf diese
Weise besucht zu werden; ich konnte ganz deutlich den süßlichen, nur ihr zuordenbaren Duft
wahrnehmen. Ich habe gerade mit meiner Lieb-
lingspuppe Kordula gespielt, als plötzlich vor
mir, wie aus dem Nichts, eine nebelartige weiße
Gestalt erschien. Ich erkannte sofort das freundliche Gesicht meiner Oma. Sie sah sehr viel jünger
aus, als ich sie Wochen zuvor das letzte Mal gesehen hatte, und schien in diesem Moment sehr
glücklich gewesen zu sein. Sie lächelte mich
warmherzig an, sagte jedoch kein Wort. Kurz bevor sie sich wieder ins Nichts auflöste, war mir,
als sei noch jemand bei ihr gewesen, der sie sach-
te nach hinten zog. Als sie schließlich wieder verschwunden war, sagte ich wie selbstverständlich:
»Tschüss Omi.« Danach spielte ich ganz normal
weiter, so als sei nichts geschehen. Wahrscheinlich hätte ich die Begegnung mit meiner Oma

schnell wieder vergessen, wenn nicht einige Minuten später bei uns das Telefon geklingelt und ich kurz darauf das herzzerreißende Weinen meiner Mutter vernommen hätte. Ich rannte so schnell ich konnte zu ihr, auch weil es für ein Kind in diesem Alter nichts Schlimmeres gibt, als seine Mama oder seinen Papa weinend zu erleben. Noch während sie telefonierte, nahm sie meine linke Hand und drückte sie so fest an sich, dass es weh tat. Tränenerfüllt schluchzte sie nach Beendigung des Telefonats, dass Oma, also ihre Mama, vor wenigen Minuten gestorben ist. Ich weiß noch, dass ich meiner Mutter mit ruhiger Stimme sofort darüber berichtet habe, dass sie doch eben noch bei mir im Zimmer gewesen war, mir beim Spielen zugeschaut und dabei sehr glücklich ausgesehen hatte. Meine Mutter streichelte mir über meine langen braunen Haare, sagte jedoch nichts weiter dazu; dafür vergoss sie umso mehr Tränen. Sie sprach mich auch nicht zu einem späteren Zeitpunkt, als ihre Trauer abgeklungen war, noch einmal auf meine Äußerung an, was mich gewundert hat. Über das Erlebnis mit meiner Oma habe ich danach - außer mit Lars - mit niemandem mehr gesprochen. Die Erinnerung daran ist im Laufe der Jahre kein bisschen verblasst; ich trage sie, und natürlich meine geliebte Oma, bis zum heutigen Tag tief in meinem Herzen.

Ich bin mir sicher, dass das Erlebnis mit meiner Oma unbewusst der Auslöser für meinen starken Wunsch gewesen ist, Sterbebegleiterin zu werden. Gleich nach dem Abitur habe ich eine Ausbildung zur Krankenschwester gemacht, immer mit dem Ziel vor Augen, im Anschluss daran eine Ausbildung zur Sterbebegleiterin zu machen. Eine vorherige Ausbildung zur Krankenschwester sah ich als ein sehr sinnvolles, aber eher handwerkliches Fundament für meine anschließende psychologische und empathische Arbeit mit sterbenden Menschen an. Medizin oder Psychologie zu studieren, kam mir zwar auch in den Sinn, und als gute Ärztin oder Psychologin hätte ich sicher Karriere machen können. Nach reiflicher Überlegung habe ich mich aber dagegen entschieden, ich wollte lieber das Sterben von Menschen hautnah miterleben und auf diese Weise herausfinden, was es mit dem Hinübergehen der Seelen vom Diesseits ins Jenseits alles auf sich hat. Als Ärztin oder Psychologin wäre ich voraussichtlich zu kopflastig geworden. Wichtiger war mir indes, offen für intuitive Beobachtungen zu sein, als in erster Linie nur auf ein akademisch vermitteltes und in vielen Bereichen schulmedizinisch konditioniertes Wissen zurückgreifen zu können, das den Bereich des intuitiven Erkennens der Geschehnisse meiner Meinung nach nicht zur vollen Entfaltung gebracht hätte. Akademisches Wissen im medizinischen und psychologischen Bereich konnte ich mir schließlich auch im Selbststudium beibringen, dafür musste ich mich nicht in die bürokratische Maschinerie eines universitären Hochschulbetriebs begeben. Mein Selbststudium nahm ich schließlich auf und widmete mich ihm mit eiserner Disziplin. Der Vorteil dabei war, dass ich die mir als sinnvoll erscheinende Fachliteratur selbst aussuchen konnte. Starre Vorgaben von Lehrplänen oder Professoren und zeitaufwendiges Lernen mit sich daran anschließenden nervenaufreibenden Prüfungen gab es für mich nicht. Gleichwohl war ich fleißig und zielstrebig und habe viel gelesen, aber nicht zu viel, gerade so viel, um mir relevantes Wissen anzueignen, ohne dabei akademisch überfrachtet oder gar wissenschaftlich verblendet zu werden. Vor allen Dingen aber habe ich zielgerichtet gelesen, stets mit der Absicht, mich mit dem gesamten Krankenhauspersonal, also mit Ärzten, Krankenschwestern und Pflegern, fachlich auf Augenhöhe unterhalten zu können. Das ist mir trefflich gelungen. Kein Thema und kein Meinungsaustausch sind mir fremd, und nicht selten habe ich den Eindruck, dass meine Gesprächspartner von mir mehr lernen können als ich von ihnen.

Ich bin absolut davon überzeugt, dass es ein Leben nach dem Tod gibt, und zwar nicht nur wegen meines einschneidenden Erlebnisses vor sechsundzwanzig Jahren mit meiner Oma. Bei meinen bisherigen Sterbebegleitungen - es mögen mittlerweile an die fünfhundert gewesen sein - waren eine ganze Reihe von Fällen, bei denen ich übernatürliche, unerklärliche Phänomene hautnah miterlebt habe. Und das ist nach den zahlreichen Veröffentlichungen in diesem Bereich auch nicht mal etwas sehr Ungewöhnliches.

Ein Erlebnis, das ich vor ungefähr drei Jahren hatte, fasse ich auch heute noch als ein Wunder auf, obwohl ich weiß, dass ein derartiges Erlebnis in der Sterbeforschung ein bekanntes Phänomen ist, das als Terminale Geistesklarheit bezeichnet wird. Terminal bedeutet so viel wie "kurz vor dem Tod auftretend". Im Alltag einer Palliativstation wird häufig von "terminal" gesprochen, wenn Patienten gar nicht mehr sprechen, etwa weil sie somnolent, also benommen bzw. schlafsüchtig, oder gar komatös sind. Sie befinden sich dann in der Terminalphase. Dennoch können Symptome von geistiger Verwirrung bei Sterbenden in dieser Phase kurz vor ihrem Tod deutlich abnehmen und zur kurzzeitigen Geistesklarheit führen. Beobachtet wurde das zum Beispiel bei Demenz- bzw. Alzheimer-Patienten oder bei Patienten mit schweren physischen Erkrankungen und organischen Schädigungen, etwa nach einem Hirnschlag bzw. Schlaganfall infolge eines Abszesses oder Tumors im Gehirn sowie aufgrund einer geistigen Behinderung. Mein Erlebnis hatte ich mit dem 84-jährigen Waldemar Ott, der unter fortgeschrittener Demenz litt. Seit knapp vier Monaten kam ich zu ihm, doch nur die ersten vier bis fünf Wochen hat er mich realisiert. »Frau Lea, meine gute Fee«, nannte er mich des Öfteren bis zu dem Zeitpunkt, an dem er mich, aber auch alle anderen Menschen um sich herum, nicht mehr erkannte, auch seine engsten Familienangehörigen nicht. Nach Aussage der Ärzte hatte er nur noch wenige Tage zu leben. Herr Ott dämmerte vor sich hin, und das bereits seit mehreren Wochen. Ich hatte ihn in mein Herz geschlossen, weil er trotz seiner Erkrankung eine besondere Aura ausstrahlte. Ich saß also eines Nachmittags wieder einmal neben ihm, streichelte seine linke Hand und erzählte ihm währenddessen, dass er loslassen könne, wenn er wolle, weil er beim Sterben auf keinen seiner Angehörigen Rücksicht nehmen müsse. Nachdem ich cirka eine halbe Stunde mit ruhiger, flüsternder Stimme zu ihm gesprochen hatte, verstärkte sich seine Atmung und ich dachte, dass er jetzt gehen würde. Doch plötzlich öffnete er seine Augen und sagte nach kurzem Zögern: »Ich bin auf dem Weg nach Hause. Es ist so schön ... da ... Frau Lea ... es ist so schön. Ich werde abgeholt ... da ... so schön.« Mir lief es eiskalt den Rücken hinunter, während ich, wie von der Tarantel gestochen, seine Hand losließ. Sogar meinen Vornamen erwähnte er! Nachdem ich mich wieder gesammelt hatte, nahm ich erneut seine Hand und setzte das Streicheln fort. Sagen konnte ich eine ganze Weile nichts mehr, bis mir wieder bewusst wurde, dass sein Tod unmittelbar bevorstand. Ich griff seine Worte auf und redete wieder beruhigend auf ihn ein, dass er jetzt gehen könne. Ganz in Frieden. An den Ort, den er eben gesehen habe, der so schön gewesen sei. Es sei alles in bester Ordnung. Ich flüsterte sehr leise, um sein schwaches Röcheln noch hören zu können. Einige Minuten später machte er seinen letzten Atemzug, mit dem er ein Lächeln auf sein Gesicht zauberte, dass jeder Beschreibung spotten würde. Ich vergoss viele Tränen, nicht aus Trauer, sondern weil ich in meinem Innersten mit einem Mal erkannte, dass die Menschen viel mehr Demut vor der Schöpfung haben mussten. Zwar hatte ich darüber gelesen, dass Fälle von Demenz- bzw. Alzheimer-Patienten, die seit Monaten oder Jahren ihre engsten Familienangehörigen und Pfleger nicht mehr erkannt haben, kurz vor ihrem Tod dazu wieder in der Lage waren und sich für wenige Augenblicke sogar "vernünftig" mit ihnen unterhalten konnten. Wenn man das jedoch am eigenen Leib erfährt, ist das etwas völlig anderes, denn vermeintlich Unwahrscheinliches wird plötzlich zur absoluten Realität. Dieses ergreifende Erlebnis offenbarte mir, dass unsere Seelen trotz des körperlichen Verfalls stets ganz und heil bleiben und dass das Jenseits bereits im Diesseits verankert sein muss. Nach diesem ergreifenden Erlebnis habe ich in einem Buch über die Terminale Geistesklarheit etwas sehr Schönes gelesen. Dort hieß es, dass es sich bei diesem Phänomen nicht um das letzte, sondern in Wahrheit um das erste Aufflackern der Seele des Sterbenden handeln würde; sie mache den ersten Flügelschlag auf ihren Weg in ihre eigentliche angestammte Heimat. Und ich habe bis zum heutigen Tag nicht den geringsten Zweifel daran, dass dies bei Herrn Ott genau so zutraf.

Ein anderes Erlebnis war nicht weniger ergreifend. Hierbei handelte es sich um eine sogenannte Todesnähevision oder auch Sterbebettvision. Erleben durfte ich sie mit Anna Mannheims, einer 94-jährigen, liebenswürdigen alten Dame, deren Zeit einfach gekommen war. Sie hatte keine Angehörigen, sodass ich ihr in den letzten Stunden ihres Lebens zur Seite stehen wollte. Es war schon spät an jenem Abend, und da ich jede Minute mit ihrem Ableben rechnete, ließ ich Feierabend Feierabend sein. Ich saß dicht neben ihr, streichelte ihre Hand und summte frei erfundene Melodien vor mich hin. Worte schienen mir überflüssig zu sein, da Frau Mannheims ganz klare Vorstellungen vom Jenseits hatte. Sie war wie ich fest davon überzeugt, dass ihr Geist und ihre Seele weiterexistieren werden und nur ihre körperliche Hülle stirbt. Worte des Loslassens und Mut-Zusprechens wären in diesem erhabenen Moment aus meiner Sicht überflüssig, eher störend gewesen. Und so summte ich eine ruhige Melodie nach der anderen und wunderte mich selbst über meinen musikalischen Einfallsreichtum. Dann plötzlich - es mögen zwei Stunden vergangen sein - bildete sich eine Art Nebel links neben Frau Mannheims am Bett. Ich saß rechts neben ihr und diesem sonderbaren nebelartigen Gebilde damit genau gegenüber. Ab und zu war mir, als befänden sich Personen darin, vielleicht war es aber auch nur eine Person. Gesichter konnte ich nicht erkennen, aber ganz klar eine körperliche Form und Hände. Das Zimmer war abgedunkelt, nur eine kleine, auf niedrigster Stufe gedimmte Tischlampe brannte. Lichteinflüsse von außerhalb, die dieses nebelartige Gebilde hätten verursachen können, konnte ich mit Sicherheit ausschließen. Mir war, als ob das eine oder andere Mal eine Hand aus dem Gebilde tauchte. Ich wertete dies als eine Geste oder sogar als eine Einladung, Frau Mannheims möge sich der Person oder den Personen im Nebel anschließen und mitkommen. Jemand aus dem Jenseits schien meine Patientin abholen zu wollen. Auf einmal fing sie an zu lächeln und wie erlösend zu flüstern: »Ja ... ja ... ja, ich komme, ich komme«. Ihre Augen waren dabei geschlossen; ich bekam Gänsehaut. Immer wieder blinzelte ich auf meine Uhr, um den genauen Zeitpunkt zu ergründen, wie lange sich dieses Gebilde in unserem Zimmer aufhalten würde. Insgesamt waren es etwas über sieben Minuten. In dieser Zeit wagte ich kaum zu atmen oder mich zu rühren, und hätte mein Herz nicht von selbst geschlagen, hätte ich nach wenigen Augenblicken wegen Herzstillstands das Bewusstsein verloren und selbst das Zeitliche gesegnet. Ich war sehr aufgeregt, denn über Sterbebettvisionen, die nicht nur von den Sterbenden selbst, sondern auch von anwesenden Personen miterlebt werden, hatte ich bisher nur in einschlägigen Büchern gelesen. Während meines Erlebnisses fragte ich mich mehrmals, ob ich träumen würde, kam aber immer wieder zu dem Ergebnis, dass ich in der gegenwärtigen Situation über ein Höchstmaß an Wachheit verfügte. Nach besagten sieben Minuten löste sich das nebelartige Gebilde wieder auf und eine Stille entstand, die mit Worten nicht zu beschreiben ist. Mir wurde schlagartig bewusst, dass dieser Moment der Stille und das überirdische Erlebnis zuvor ein heiliger war. Etwa eine Viertelstunde später verstarb Frau Mannheims. Ganz friedlich, so wie man es sich später selbst einmal wünscht. Oft wenden Kritiker ein, dass Wahrnehmungen übernatürlicher Phänomene von Sterbenden durch Medikamente, Sauerstoffmangel oder Halluzinationen hervorgerufen werden.

Meine langjährigen Erfahrungen sprechen jedoch klar gegen diese Theorie. Denn auch anwesende Personen, wie ich es gewesen bin, erfahren übernatürliche Phänomene während des Sterbens einer Person. Und gerade sie stehen in der Regel nicht unter Medikamenteneinfluss und leiden auch nicht unter Sauerstoffmangel; Halluzinationen können bei diesen Personen ebenso klar ausgeschlossen werden. Wir müssen einfach den Mut aufbringen, medizinisch und physikalisch nicht erklärbare Phänomene als übernatürlich zu begreifen und letztlich als unerklärlich zu akzeptieren. Ansonsten verschlösse man die Augen vor der Realität! Als ich schließlich gegen Mitternacht nach Hause kam, setzte ich mich in meine Küche und starrte in die Flamme der zuvor von mir angezündeten Kerze. Ins Bett ging ich nicht mehr, zu aufgewühlt war ich von dem Erlebten. Als die Dämmerung hereinbrach, kochte ich mir starken Kaffee, trank drei Tassen davon und fuhr schließlich, ungeduscht und so angezogen wie ich war, wieder zu meiner Arbeit ins Krankenhaus. Müdigkeit überfiel mich erst wieder am Abend.

Spätestens seit diesen beiden Erlebnissen habe ich kein Fünkchen Angst mehr vor dem Tod, ganz im Gegenteil, er macht mich sogar sehr neugierig. Zusammen mit der Nachtodbegegnung bzw. dem Nachtodkontakt mit meiner Oma zeigen sie mir ganz deutlich die Verflechtung von Diesseits und Jenseits auf. Es gibt eine Fortsetzung des Lebens auf der anderen Seite. Diese Erkenntnis, die ich seit vielen Jahren habe, hat mich auch davon abgehalten, mich wegen meiner gegenwärtigen Krankheit ernsthaft mit Selbstmord zu beschäftigen. Ich hatte Tage, die wegen der vielen Orgasmen so schrecklich waren, das ich mein Leben - »Was für ein Leben?«, habe ich mich gefragt - regelrecht verflucht habe. Selbstmordgedanken flackerten zwangsläufig immer wieder mal auf, zum Beispiel als ich mit einer fiebrigen Grippe für mehrere Tage das Bett hüten musste. Da war ich schon wegen einer Erkältung der übelsten Sorte außer Gefecht gesetzt und diese verfluchten Orgasmen malträtierten und schwächten mich noch zusätzlich. Ich war fix und fertig. Hätte während dieser Tortur der Tod bei mir angeklopft, hätte ich ihn herzlich willkommen geheißen. Mir aber selbst das Leben zu nehmen, kam für mich nicht in Frage. Zu keinem Zeitpunkt. Ich hätte dann das untrügliche Gefühl gehabt, als würde ich den mir zugedachten Schöpfungsplan - und jedem Menschen ist nach meiner Überzeugung ein solcher zugedacht - unterlaufen. Wir sind aber hier auf Erden, um Erfahrungen zu sammeln, damit sich unsere Seelen weiterentwickeln können. Dazu gehört auch das Erleben und Meistern von Extremsituationen, so unheilvoll und schmerzhaft sie auch sein mögen.

Es muss einfach einen Schöpfungsplan geben, denn dass ausgerechnet eine Sterbebegleiterin wie ich, die sich seelisch-geistigen Dingen verschrieben hat, durch eine unkontrollierbare dauernde Erregungsstörung mit einer viele Monate langen körperlichen Folter konfrontiert sieht, werte ich als eine ganz besondere Prüfung. Und diese Prüfung gilt es zu bestehen: Um meiner Seele willen bereits hier auf Erden. Das frühe einschneidende Erlebnis mit meiner Oma und mein Beruf mit all den tiefgreifenden Erlebnissen und Erfahrungen haben mich von ernsthaften Selbstmordgedanken abgehalten. So komisch es sich für Außenstehende vielleicht auch anhören mag: Momentan werte ich das Martyrium mit meinen unzähligen Orgasmen als die größte Lehrstunde meines bisherigen Lebens.

»Was für ein Leben!«

Dritter Tag meines Experiments. Ich liege wieder in meinem Bett. Leicht bekleidet und gefesselt wie an den beiden Tagen zuvor. Langsam gewöhne ich mich an diese ungewöhnliche Lage und daran, dass mir währenddessen zahlreiche Gedanken durch den Kopf gehen. Aber das ist ja gerade von mir gewollt: Bewegungslos im Bett zu liegen und aufgrund meiner zahlreichen Gedanken von meinem eigentlichen Problem abgelenkt zu werden. Schließlich ist mein neu erklärtes Ziel, mich in meinem Alltag - egal wo ich mich aufhalte und egal, was ich dann jeweils mache - wie im Bett liegend gefesselt zu fühlen, um mich vor potentiellen Orgasmen zu bewahren. So eine Art Pawlowsche Effekt, nur manipulativ irgendwie anders! Wenn ich beispielsweise demnächst Straßenbahn fahren oder einkaufen gehen werde, muss ich mir jeweils vor Augen halten, dass ich gefesselt im Bett liege und über dies und das sinniere. Mit dieser Taktik will ich in jeder Situation meines Tuns oder Unterlassens Frieden mit meinem Unterleib schließen. Vielleicht schaffe ich es irgendwann auch wieder, unbekümmert Fahrrad zu fahren, was traumhaft wäre. Ich muss einfach nur wieder lernen, meine Orgasmen zu steuern, und wenn möglich, sie auch wieder zu lieben. Denn gegenwärtig verteufle ich sie, größte Lehrstunde dieses Martyriums in meinem Leben hin oder her. Bis vor etwas über einem Jahr hätte ich nicht gedacht, dass ich auf solche Gedanken und Ideen kommen würde. Aber ich muss ganz dringend eine Lösung finden, und vielleicht sind gerade die einfachsten und nicht unbedingt die verrücktesten Ideen diejenigen, die am Ende helfen werden. Oder auch nicht, vielleicht ist es doch eher umgekehrt!

Heute will ich mich an einige Situationen erinnern, die schuld daran waren, dass Orgasmen in mir ausgelöst wurden. Ich möchte gerade deswegen an sie denken, um herauszufinden, ob ich während des Erinnerns welche bekomme. So eine Art Gegenfeuer legen, wie etwa die Liebeskugeln, die ich mir zu Anfang meiner Dauererregtheit reingeschoben habe, um herauszufinden, ob sie eventuell gegen meine Orgasmen wirken könnten, was allerdings nicht der Fall war. Leider! Das Besondere an den mir gleich vergegenwärtigten Situationen ist: Einen Teil habe ich nur in meinen Träumen erlebt. Sie hätten gleichwohl auch in meinem Alltagsleben stattfinden können, zumindest einige davon. Doch letztlich spielt es für mich auch keine Rolle, ob ich die besagten Situationen in meinen Träumen oder im Wachzustand erlebt habe. An deren Ende standen immer Orgasmen, jedes Mal durch meinen fleischlichen Körper erlebt, erduldet, erlitten. Geträumt habe ich Orgasmen selbst jedoch nie. Und ich hatte sie niemals während des Träumens, ohne sie bemerkt zu haben. Ich habe sie also - da bin ich mir relativ sicher - nie verschlafen, bin quasi niemals über sie hinweggeschlafen, wie ein Fischerboot auf offener See, unter dem die Monsterwelle eines Tsunamis völlig unbemerkt weiterzieht, um schließlich Hunderte von Kilometern entfernt am Ufer ihre verheerende, zumeist tödliche Wirkung zu entfalten. Meine Orgasmen haben mich jedes Mal ohne jegliche Gnade aus dem Schlaf und damit zwangsläufig aus meinen Träumen gerissen. Die Erlebnisse in meinen Träumen und meine Orgasmen im Anschluss daran im Wachzustand habe ich also immer in zwei verschiedenen Erlebniswelten gehabt: mein geträumtes Erlebnis in meiner Traumwelt und mein daraus resultierender Orgasmus in meinem wirklichen Leben, wobei sich mir dann immer auch die Frage stellte: Ist das wirkliche Leben oder nicht doch der jeweilige Traum die wahre Realität? Vielleicht stehen beide Realitäten auch gleichberechtigt nebeneinander und wir empfinden nur die eine Realität im Wachzustand als die wahre Realität. Doch was ist der wahre Wachzustand? Nur ein solcher hier auf Erden? Was verraten uns Tagträume bzw. luzide Träume hierzu, in denen sich der Träumer bewusst ist, dass er gerade träumt? Möglicherweise herrscht aber auch im Jenseits die wahre Realität, also weder im Diesseits noch in den im Diesseits stattfindenden Träumen. Und überhaupt: Auf welche Weise sind das Jenseits und das Diesseits miteinander verwoben? Können wir ausschließen, dass sich das Jenseits nicht auch in oder zumindest in Nähe der irdischen Sphäre abspielt, nur mit einer anderen Schwingungsfrequenz, wie das aus zahlreichen Berichten von Nahtoderfahrenen hervorgeht? Müssten nicht vielmehr beide Sphären als Realität angesehen werden? Wie dem auch sei, eines Tages, so hoffe ich, werden alle Menschen dieses Geheimnis lüften bzw. gelüftet bekommen, was unsere wahre Realität ist, also die unserer Seelen. Drängt sich mir sogleich die nächste Frage auf, nämlich, ob Orgasmen nur Erlebnisse meines Körpers oder auch solche meiner Seele sind. Könnte die körperlose Seele im Jenseits überhaupt so etwas wie einen Orgasmus empfinden? Ist dafür nicht nur der fleischliche irdische Körper des Menschen empfänglich oder können auch sein überirdischer Astral- bzw. Ätherkörper so etwas wie einen Orgasmus bekommen bzw. empfinden? Fragen über Fragen türmen sich vor mir auf. Unbeantwortbare noch dazu. Doch wo und wann auch immer es geschehen wird, eines Tages erschließt sich uns das Verborgene hier auf Erden. Da halte ich mich ganz an meinen Lieblingssatz von Lukas aus dem Neuen Testament, Kapitel Acht, Vers Siebzehn: "Es gibt nichts Verborgenes, das nicht offenbar wird, und nichts Geheimes, das nicht bekannt wird und an den Tag kommt." Alle meine Fragen werden beantwortet werden. Ich brauche nur etwas Geduld. Aber genau da liegt der Hase im Pfeffer. Bei der heutigen Jetzt-Sofort-Mentalität, die leider auch die meine ist, ist Geduld ein absolutes No-Go. Der Spruch: "Herr, gib mir Geduld, aber zackig!" muss mich diesbezüglich regelmäßig erden.

Ich erinnere mich an einen verrückten Traum vor ein paar Wochen. Ich hielt mich in einer Bankfiliale auf und war gerade dabei, sämtliche

Zimmerpflanzen zu gießen, warum und in welcher Funktion ich dies tat, weiß ich nicht. Plötzlich hörte ich Schüsse und das Brüllen eines Mannes: »Überfall, alles auf den Boden und danach Klappe halten.« Erinnern kann ich mich noch gut daran, dass sich alle Personen in der Bank völlig hysterisch auf den Boden warfen, es dann aber von einer auf die andere Sekunde mucksmäuschenstill und ganz gespenstisch war. Weil der Bankräuber bei seinen Schüssen einen Deckenventilator getroffen hatte, summte dieser ab diesem Zeitpunkt in einem Ton, der mir überhaupt nicht gefiel. Denn es handelte sich um einen Summton, bei dem die Gefahr bestand, einen Orgasmus zu bekommen. Ich weiß noch die unglaubliche Angst im Traum, die in mir aufstieg, und der krampfhafte Gedanke, mich mit irgendwelchen abstrusen Überlegungen abzulenken. Selbst an Erdnussflips habe ich gedacht. Doch nichts half! Ein intensiver Orgasmus war die unmittelbare Folge, den ich allerdings nicht mehr im Traum, in der Bankfiliale, sondern, weil ich aufgewacht bin, in meinem Bett erlebte. Als ich das realisiert hatte, war ich sehr erleichtert. Dennoch: Des Öfteren habe ich mich gefragt, wie der Traum wohl verlaufen wäre, wenn ich in der brisanten Situation den Orgasmus an Ort und Stelle in der Bankfiliale bekommen hätte. Trotz meiner großen Erleichterung im Wachzustand wären das sicher sehr spannende Augenblicke geworden.

In einem anderen Traum befand ich mich während einer Vorlesung in einem Hörsaalgebäude. Ich kann mich noch gut daran erinnern, wie mir medizinische Begriffe ohne jeglichen Sinn um die Ohren geflogen sind. Eine Kommilitonin neben mir war sehr unruhig und wippte fortdauernd auf ihrem Platz vor und zurück. Das wäre nicht weiter schlimm gewesen, wenn unsere Sitzplätze aus Holz nicht miteinander verbunden gewesen wären und ich ihre Aktivität nicht unmittelbar an meinem Körper gespürt hätte. Ihr ständiges Wippen übertrug sich allmählich auf meinen Unterleib. Ich bat meine Sitznachbarin höflich, damit aufzuhören, woraufhin sie mich abschätzig angrinste, ihre Zunge herausstreckte und nun noch stärker zu wippen anfing. Dabei begann es so laut zu knarren, dass sich die Blicke aller Studenten auf uns richteten. Das Wippen wurde stärker und stärker, das Knarren immer lauter. Mir war, als würde der Hörsaal zu einem riesigen Wesen mutieren, in Schwingungen geraten und mich zum Mittelpunkt des Universums machen. Ich weiß noch, wie ich entsetzt zu meinem Unterleib hinunterschaute und schrie: »Lass es sein! Jetzt nicht! Hörst du: Lass es sein!« Von unten vernahm ich jedoch nur ein albernes Gekicher, dann eine Stimme, die man einer rotzfrechen Göre hätte zuordnen können und mir schadenfroh in einem nervigen Kinderreim wieder und wieder entgegenschmetterte: »Bäh-bäh-ätsch ich komme jetzt! Ätsch-bäh du wirst nicht versetzt!« Im Traum habe ich mich nicht weiter gewundert, dass ich mit meinem Unterleib auf diese völlig verrückte Art und Weise kommuniziert habe. Es war wie selbstverständlich. Natürlich bekam ich wieder einen Orgasmus und natürlich bin ich wieder davon aufgewacht. Vermutlich wären ein reales Studium und die von mir dann besuchten Vorlesungen wirklich zu einem Problem geworden, hätte ich meine Dauererregtheit in dieser Zeit gehabt. Dann hätte ich wohl oder übel Vorlesungen und sonstige universitäre Veranstaltungen meiden, unter Umständen sogar mein Studium ganz schmeißen und auf ein Fernstudium umsatteln müssen.

In einem anderen Traum lag ich in einem Bett und schlief. Das kuriose an diesem Traum war, dass ich aufgrund eines sehr sonderbaren Gefühls an meinem Unterleib diesmal in meiner Traumrealität aufgewacht bin. Da ich im Traum nackt schlief, wie es in Wirklichkeit ebenfalls meine Art ist, zog ich meine Decke weg und sah an meinem Unterleib unzählige umtriebige Wespen, wie sie dabei waren, dort ein Wespennest zu bauen. Ich geriet wegen dieses Anblicks weder in Panik noch wunderte ich mich über dieses Spektakel, sondern schaute mir alles interessiert und forschend an. Allerdings nahm mit der Zeit das Gesumme der Wespen und das Kitzeln an meiner Klitoris zu. Als es unerträglich wurde, wachte ich, von einem heftigen Orgasmus erfasst, auf. Allerdings diesmal in meiner wahren Realität. Nach derartigen Träumen gerate ich jedes Mal darüber ins Staunen, wie selbstverständlich man mit Situationen umgeht, die eigentlich völlig irrsinnig, also vermeintlich unrealistisch sind. Seltsamerweise habe ich derartige Träume nie gehabt, als ich von meiner Dauererregtheit noch nicht betroffen war. Sie sind eine Bereicherung!

Ich erinnere mich aber auch an etliche Situationen, die ich nicht geträumt habe, die ich aber lieber geträumt hätte, damit mir so manche Peinlichkeit erspart geblieben wäre. Eine Begebenheit erlebte ich vor cirka einem Vierteljahr. Ich war mit meinem Auto unterwegs zur Arbeit. Während der Fahrt vibrierte mein Handy. Ich ging dran. Es war Miriam, meine beste Freundin, die mir über ihre neue Liebschaft berichten wollte. Ich hielt nicht an, um gefahrlos mit ihr sprechen zu können, sondern telefonierte während der Fahrt weiter, denn ich war ohnehin schon spät dran. So fuhr ich mit schlechtem Gewissen, eine Hand am Steuer, die andere Hand an meinem Handy, eine Freisprechanlage hatte ich damals noch nicht. Nach wenigen Minuten kam ich in eine Verkehrskontrolle. Da ich das Polizeiauto erst zu einem sehr späten Zeitpunkt entdeckte, hatte ich keine Zeit mehr, meiner Freundin zu erklären, dass ich das Gespräch sofort beenden müsse. Ich drückte sie einfach weg. Es kam so, wie es kommen musste, ich wurde tatsächlich von einem Polizeibeamten herausgewinkt. In Panik wollte ich mein Handy unter meinen kurzen Rock schieben. Das gelang mir jedoch nur bedingt, denn in der Hektik geriet es zwischen meinem Rock, und hätte mein Schlüpfer es nicht gestoppt, wer weiß, wo es noch gelandet wäre. Eine Polizeibeamtin, die mich sogleich ansprach, hatte nicht mitbekommen, dass ich noch kurz zuvor mein Handy am Ohr hatte, sodass ich mich auf eine normale Verkehrskontrolle einstellen konnte, die beginnen

sollte mit: »Den Führerschein und den Fahrzeug-
schein bitte!«, halt das übliche Prozedere. Was
ich in der Eile nicht bedacht hatte, war, das Handy komplett auszuschalten, denn auf einmal fing
es zwischen meinen beiden Beinen an zu vibrieren. Sofort kam mir Miriam in den Sinn, die sich
vermutlich gewundert hatte, warum das Gespräch
eben so abrupt geendet hat. Zunächst bekam die
Beamtin von meinem Dilemma nichts mit, da sie
sich mit meinen Fahrzeugpapieren ein paar
Schritte von meinem Wagen entfernt hatte. Als
der schnell in mir voranschreitende Orgasmus bis
an meine Kehle zu steigen drohte, machte sie Anstalten, zu mir zurückzukommen. Sofort täuschte
ich einen starken Hustenanfall vor. Die Polizeibeamtin wartete höflich ab, weil sie wohl davon
ausging, es sei nur einer von kurzer Dauer. Doch
er zog sich gefühlt über eine halbe Minute hin,
und irgendwann fragte sie, ob sie mir helfen könne. Ich krächzte nur »nein, nein« und kombinierte
meinen Hustenanfall schließlich noch mit einer
heftigen Niesattacke. Da das Wagenfenster her-
untergedreht war, machte die Beamtin zwei
Schritte zurück, vermutlich um keine Bazillen ab-
zubekommen. Als ich meine schauspielerische
Darbietung wegen des sich abflauenden Orgasmus schließlich beendet hatte, kam sie die zwei
Schritte wieder auf mich zu, gab mir die Papiere
zurück und wünschte mir noch einen schönen Tag
und gute Besserung. Ich bedankte mich artig und
fuhr weiter. Sogleich steuerte ich die nächstgele-
gene Tankstelle an und hielt auf einem Seiten-
platz neben der Waschanlage. Ich konnte nicht

mehr, ich war völlig erschöpft. Erst jetzt griff ich nach dem Handy zwischen meinen Beinen und schrieb Miriam, kurz bevor ich es ausmachte, eine kurze SMS, dass sie sich keine Sorgen zu machen brauche und ich mich bei ihr nach meiner Arbeit melden würde, um ihr den Grund für die abrupte Unterbrechung unseres Gesprächs zu erzählen. Ich brauchte eine ganze Weile, bis ich mir das Fahren wieder zutraute. Zuvor kaufte ich mir in der Tankstelle ein Tütchen mit Lutschbonbons, schließlich hatte ich von meinem gekünstelten Hustenanfall einen rauen und ein wenig schmerzenden Hals bekommen.

Ein weiteres Highlight erlebte ich vor wenigen Wochen im örtlichen Hallenbad. Ich hätte nie gedacht, dass mir auch dort eine peinliche Situation widerfahren könnte. Einen Orgasmus unter Wasser zu bekommen, schloss ich zwar nicht aus, doch bin ich davon ausgegangen, eine entsprechende Situation dann unbemerkt meistern zu können. Weit gefehlt! Ich bekam tatsächlich einen Orgasmus aufgrund einer Situation, mit der ich nicht gerechnet hatte. Zwei Jungen - beide mögen dreizehn Jahre alt gewesen sein - tauchten, obwohl das Tauchen im Hallenbad während der regulären Schwimmzeiten nicht gestattet war, mit ihren Schwimmbrillen in der unmittelbaren Nähe zu mir immer wieder ab. In kurzen Abständen kamen sie wieder an die Wasseroberfläche, vermutlich um sich im Falle einer Ermahnung mit intensivem Schwimmtraining unter Wasser vom eventuellen Tauchvorwurf rausreden zu können. Mit der Zeit hatte ich jedoch den Verdacht, dass sie mich wegen meiner doch sehr reizvollen Figur unter Wasser inspizierten, denn jedes Mal, wenn sie wieder aufgetaucht waren, tuschelten sie kurz miteinander und schielten dabei immer wieder zu mir hinüber. Bald schon fing es in meinem Unterleib zu kribbeln an, denn die von mir unterstellte Tat der beiden Kerle war mir einerseits unangenehm, machte mich andererseits aber gleichzeitig auch irgendwie scharf. Allerdings wollte ich sie wegen ihres unerlaubten Tauchens nicht ansprechen, die Situation hätte für mich schnell peinlich werden können. So beschloss ich also, gelassen zum Beckenrand zu schwimmen und möglichst cool aus dem Wasser zu steigen. Bevor ich das jedoch in die Tat umsetzen konnte, ging es bei mir auch schon los. Leider mussten meine Schwimmbewegungen während des Orgasmus wie ein plötzlich aufkommender Krampf ausgesehen haben, denn sogleich sah ich den Bademeister am Beckenrand heraneilen und nach seinem Kopfsprung ins Wasser in meine Richtung schwimmen. Schnell war er bei mir und zeigt sein ganzes Können. Dabei wäre ich fast ertrunken, denn während seiner Rettungsmaßnahme, verbunden mit meinem heftigen Orgasmus, schluckte ich so viel Wasser, dass ich einige Tage nichts mehr hätte trinken müssen. Wenn nur das ganze Chlor nicht gewesen wäre, es war ekelhaft, richtig schrecklich; und die überflüssige Rettungsaktion empfand ich wirklich als lebensbedrohlich. Am Beckenrand angekommen, hievten mich zwei freiwillige Helfer aus dem Wasser und redeten direkt auf mich ein, ob es mir gut ginge oder ob lieber ein Arzt geholt werden sollte. Nach einer kurzen Hustenattacke stand ich auf und bedankte mich für die Rettungsaktion. Mir war so übel. Trotzdem schaffte ich es noch zu sagen, dass ich mich aufgrund des reichlich geschluckten Chlorwassers sicher gleich übergeben müsse. Damit war die Erste Hilfe der an meiner Seite stehenden jungen Männer abrupt beendet - Gott sei Dank! Helfen, während ich kotzte, wollte mir von ihnen dann wohl doch keiner. Ich hechtete also zur Damentoilette und schaffte es noch rechtzeitig; ich übergab mich mehrmals. Nachdem nichts mehr herauskam und ich nicht mehr weiter würgen musste, verschwand ich unter die Dusche. Ich kann mich an keine längere Duschaktion in meinem Leben als an diesem denkwürdigen Tag erinnern.

Eine weitere Begebenheit ereignete sich vor Kurzem in einem Supermarkt. Obwohl viele Leute - so wie ich - mit ihren Einkaufswägen vor der Kasse standen, war nur eine von ihnen geöffnet. »Können Sie nicht eine weitere Kasse öffnen?«, raunzte ein ungeduldiger Rentner direkt hinter mir laut in Richtung der Kassiererin. Diese klingelte daraufhin nach einer Kollegin, die auch schnell heraneilte. Da sie sich zwischen der Kundenschlange und den noch unausgepackten Warenpaletten hindurchkämpfen musste, machten ihr die Kunden Platz, wie die Autofahrer bei einer einspurigen Autobahnbaustelle, die einem mit Martinshorn heraneilenden Einsatzfahrzeug der Polizei den Weg freimachen. Als die neue Kassiererin bei mir angelangt war, berührte sie mich mit einem in ihrer linken Hand befindlichen Täschchen ausgerechnet genau im Schritt, sodass ich, ohne es steuern zu können, zuckte und wie ein Schweinchen quiekte. Sie entschuldigte sich sogleich bei mir, eilte jedoch ungebremst weiter in Richtung zweiter Kasse. Ihre ungewollte Berührung löste einen Orgasmus in mir aus, der - aus welchem Grund auch immer - außergewöhnlich heftig war. Um nicht die Balance zu verlieren, klammerte ich mich krampfhaft an meinen Einkaufswagen. Dabei entfleuchten mir ärgerlicherweise weitere komische Laute. Der ungeduldige Rentner hinter mir schien registriert zu haben, dass es mir in diesem Moment nicht sonderlich gut ging. Aber anstatt mich zu fragen, ob er mir helfen könne, fuhr er mich nur verachtend an: »Mensch Mädchen, nimm doch einfach weniger Drogen!« Bums, das hatte gesessen! Was für ein arrogantes altes Arschloch. Spontan scherte ich aus der Schlange aus und stellte mich ganz am Ende wieder an. »Nur weg von diesem Gauleitertypen«, schoss es mir damals durch den Kopf. Aus den Augenwinkeln habe ich noch gesehen, dass er mir nachgeschaut hat. Hätte er jetzt noch eine blöde Bemerkung gemacht, hätte ich für nichts mehr garantieren können. Ich war geladen und hatte eine gehörige Portion Wut im Bauch. Und ganz nebenbei folgte im Anschluss an meinen heftigen Orgasmus ein weiterer von dieser Sorte.

Nicht vergessen darf ich natürlich meine zahlreichen Arztbesuche - gerade zu Beginn meiner

Dauererregtheit. Ich schilderte allen Ärzten mein spezielles Problem. Untersuchen lassen, wollte ich mich gleichwohl nicht, denn zahlreiche Orgasmen wären die unweigerliche Folge gewesen. Mein Frauenarzt, der mich dennoch unter die Lupe nehmen wollte, konnte aus diesem Grund mit mir, wie er missmutig sagte, nichts anfangen. Er machte sich daher auch keine Mühe, meinem Problem auf den Grund zu gehen. Er sagte es zwar nicht direkt, aber aufgrund der Zwischentöne in seinen Ausführungen konnte ich heraushören, dass er mich eher als sexsüchtig ansah. Schnell wechselte ich meinen Frauenarzt, auch weil ich die aus meiner Sicht überflüssigen Vitaminpräparate, die er mir verschreiben wollte, nicht einnehmen wollte. Doch auch mit dem nächsten Frauenarzt hatte ich kein Glück. Er wollte meinen Fall eher auf die psychologische Schiene lenken, letztlich auch, weil er medizinisch keinen Ansatz sah, mir zu helfen. Er war mit seinem Latein schnell am Ende. Zumindest machte er sich die Mühe, mir zuzuhören, obwohl er mich gleichwohl nicht sehr ernst nahm. Auch der dritte Frauenarzt sah in meiner Psyche die Hauptursache für meine Dauererregtheit. Er vermutete als Auslöser hierfür eine Vergewaltigung in jüngster Zeit, was er mir schon nach einer kurzen Befragung ganz offen ins Gesicht sagte. Ob ich denn schon bei der Polizei gewesen wäre, um Anzeige zu erstatten, fragte er mich mehrmals. Mir hat es dann gereicht. Ich versuchte mein Glück bei einem Heilpraktiker. Aber auch der konnte mir letztlich nicht helfen. Unzählige homöopathische Mittelchen habe ich schließlich auf seinen Rat hin eingenommen, ohne den kleinsten Erfolg. Auch die von ihm in mehreren Sitzungen durchgeführte Akupunktur half nicht; die Reduktion der Anzahl meiner Orgasmen von nur wenigen Prozent hätte ich schon als beachtlichen Erfolg gewertet. Aber leider hat sich diesbezüglich nichts getan. Zumindest haben mir seine Maßnahmen auch nicht geschadet. Wenige Wochen nach meinem letzten Besuch bei ihm habe ich mich dazu entschlossen, mich voll und ganz auf meine Selbstheilungskräfte zu fokussieren. Die Selbstheilung, die bei meinem Dickmilch-Rotwein-Erlebnis und der daraus resultierenden Migräne mit Aura durch aufmerksames Beobachten funktioniert hat, wollte ich von nun an mit voller Überzeugung bei meiner Dauererregtheit wiederholen. Seitdem bin ich mein eigener Arzt, mein eigener Heilpraktiker, mein eigener Heilsbringer. Doch eine Lösung habe ich bislang leider nicht gefunden.

Schlimm sind besonders die Situationen, in denen ich meine Orgasmen nicht verbergen kann und daher in so manche Peinlichkeit hineinschliddere. Das ist bei gut einem Drittel meiner Höhepunkte der Fall. Mir tun ganz besonders die Menschen leid, die ich zwangsläufig dann mit hineinziehe. Mit Ausnahme solcher Typen wie den unsensiblen Rentner, die könnte ich zum Mond schießen. Doch den meisten Menschen sind die durch meine Orgasmen verursachten Szenarien mindestens genauso peinlich wie mir. Letztlich sind sie ebenso hilflos wie ich.

Ich musste mir im Laufe der letzten Monate ein dickes Fell zulegen, denn ich will mich ja auch nicht zu Hause verkriechen. Ich bin noch jung und will am Leben teilhaben und Spaß haben. Daher liebe ich Events oder Feste, bei denen es mir überhaupt nichts ausmacht, einen oder mehrere Orgasmen zu bekommen - in denen ich sogar meiner Dauererregtheit freien Lauf lassen kann, ohne mich in meinem Tun auch nur ansatzweise einschränken zu müssen. Das sind die Situationen, in denen ich während eines Orgasmus mit meinen Körperzuckungen und den von mir abgegebenen komischen Lauten in keiner Weise auffällig werde. Es muss nur genug Jubel, Trubel, Heiterkeit um mich herum sein, so wie es beispielsweise auf Halloween-Partys oder beim Karneval der Fall ist. Hier kann ich völlig unbekümmert in das Geschehen eintauchen, untertauchen, mich ungezwungen geben und einfach nur wohlfühlen. Seit meiner Krankheit habe ich Karneval und Halloween für mich neu entdeckt. Leider sind sie nur einmal im Jahr, Karneval geht immerhin über mehrere Tage. Um in Gesellschaft nicht nur an Karneval und Halloween Spaß zu haben, musste ich mir auch für andere Monate und Jahreszeiten ähnliche Spektakel suchen. Und ich bin fündig geworden: Oktoberfeste, die ja inzwischen im ganzen Land verbreitet sind, mag ich wegen der aufbrausenden Stimmung besonders gern. Am liebsten solche mit großen Festzelten, in denen mindestens Tausend Leute Platz finden. Drei Dirndl mit unterschiedlichen Farben und Designs nenne ich inzwischen mein Eigen. Lars sieht, wie gut mir die Ungezwungenheit auf entsprechenden Veranstaltungen in der Menschenmenge tut. Daher lässt er sich nicht lange bitten, mich zu begleiten. Insbesondere mit Blick auf Besuche im Fußballstadion seines geliebten FC´s ergreift er oft selbst die Initiative. Mit Freunden ist auch dieses Event für mich ein Heidenspaß. Das Herumspringen auf den Zuschauerrängen, das Anfeuern der Mannschaft, der Jubel oder der Ärger, wenn ein Tor fällt. Einfach herrlich! Für mich spielt es dann auch keine Rolle, auf welcher Seite ein Tor fällt, ob für oder gegen den FC. Hauptsache ich kann springen, schreien, mich lauthals freuen oder ärgern. So manchen Orgasmus juble oder ärgere ich mir dann einfach weg. Blöde ist es nur dann, wenn sich ein langweiliges 0:0 abzeichnet. Dann wäre mir ein 0:5 gegen den FC sogar lieber. Das habe ich Lars aber bisher noch nicht gebeichtet.

Mittlerweile gehen Lars und ich wieder öfter tanzen. Auch außerhalb von Karneval, Halloween und Oktoberfesten. Allerdings meide ich Standardtänze. Die hier notwendigen Berührungen sind fatal, meine hierdurch entstehenden Orgasmen kann ich weniger gut überspielen. Anders in der Disco bzw. in Clubs. Hier bin ich frei, hier kann ich ganz ich sein. Das Gleiche gilt für Pop- und Jazz-Konzerte. Klassik-Konzerte, insbesondere Kirchenkonzerte, in die ich früher gern gegangen bin, kommen für mich derzeit nicht in Frage. Zu gesittet geht es hier zu. Würde ich etwa bei einem getragenen Adagio eines Violinkonzerts oder beim "Ave Maria" abgehen wie Schmitz´ Katze, wäre es an Peinlichkeit wohl kaum zu überbieten. Für alle Beteiligten!

Es gab auch vermeintlich ausweglose Situationen, die ich wie ein Profi gemeistert habe. Beispielsweise war ich vor einem halben Jahr mit Lars, Miriam und ihrem damaligen Freund im Zirkus. In meiner Kindheit war ich nur ein einziges Mal im Zirkus. Damals habe ich mich die ganze Vorstellung ängstlich an meinen Vater geklammert. Für mich war das laute Spektakel der reinste Horror: Die wilden Tiere, die jederzeit den Peitsche schwingenden Dompteur hätten zerreißen können, die Luftakrobaten, die zwar mit einem riesigen Netz gesichert waren, dieses mir aber beim Absturz eines der Artisten nicht sicher genug vorkam, der kräftige, kahlköpfige Feuerspucker und Schwertschlucker, der sich bei der kleinsten Unvorsichtigkeit lebensgefährlich hätte verletzen können, und nicht zuletzt der sehr stark geschminkte Clown mit seinen übergroßen Augen, vor dem ich die meiste Angst hatte. Vielleicht war ich als sensibles Mädchen mit meinen vier Jahren auch einfach noch zu jung für dieses bunte Schauspiel. Da wir mit der ganzen Familie und drei Nachbarskindern, die alle zwei bis drei Jahre älter waren als ich, im Zirkus waren und sich alle - außer mir - prächtig amüsierten, hat sich mein Vater wohl damals nicht erbarmt, die Vorstellung mit mir früher zu verlassen. Ganze siebenundzwanzig Jahre später sah ich nun den richtigen Zeitpunkt für gekommen, einen erneuten Besuch in einem Zirkus zu wagen. Möglicherweise - so meine vage Hoffnung - würde mein Zirkus-Trauma von damals den Zirkus in meinem Unterleib, zumindest während der Vorstellung, positiv beeinflussen. Immerhin konnte ich davon ausgehen, während der Vorstellung mit aufkommenden Orgasmen nicht sonderlich aufzufallen. Der Zirkus hatte diesbezüglich die gleiche "Aura" wie etwa ein Fußballspiel im Stadion.

So saßen wir vier an jenem Tag im Zirkuszelt und sahen uns die Vorstellung an. Sämtliche Darbietungen habe ich - abgesehen von drei kleineren, gut zu kaschierenden Orgasmen - prima verkraftet, ja sogar genießen können. Bis zu jenem Auftritt des Clowns! Die ganzen Erinnerungen von damals schossen mir durch den Kopf und ehe ich mich versah, befand ich mich auch schon mitten in der Manege. Ausgerechnet mich hatte sich der Clown für seine Späße ausgesucht. Wehren konnte ich mich gegen sein Drängen und aufgrund des grölenden Publikums nicht. Lars wollte noch dazwischengrätschen und sich opfern, in dem er dem Clown zu verstehen gab, er solle doch besser ihn nehmen als mich, doch der Clown verweigerte dies mit einigen übertriebenen, publikumswirksamen Gesten. Er wollte für sein Programm wohl unbedingt eine junge Frau wie mich. Als ich in der Manege schließlich neben ihm stand, stupste er mich zuerst immer nur an und ich stupste ihn wie einstudiert zurück, so wie er es wohl auch beabsichtigt hatte, wobei er jedes Mal nach meinem Stupsen verschämt und verschmitzt zugleich ins lachende Publikum blickte. Das wiederholte sich gleich ein Dutzend Mal, dann bekam ich meinen ersten Orgasmus - und das mitten in der Manege. Intuitiv sank ich auf die Knie und krümmte mich ein wenig, während ich wie eine verliebte Frau in einem Stummfilm aus den 1900er-Jahren meine Hände an mein Herz hielt und herzzerreißende Grimassen schnitt. Das sollte verhindern, dass nicht irgendjemand auf die Idee kam, mir Erste Hilfe leisten zu wollen, etwa weil er einen Schwächeanfall bei mir vermutete. Entgegen meiner Erwartung vertauschten sich sogleich die Rollen, denn der Clown war wohl selbst irritiert über meine Reaktion und versuchte nun, meine Darbietung in sein Programm mit aufzunehmen, was ihm aber nicht gelang. Denn sein Programm war längt zu meinem Programm geworden. Er kniete sich ebenfalls hin und schnitt noch extremere Grimassen als ich. Dabei kam ich mir so blöd vor, wie noch nie in meinem Leben, aber anscheinend gefiel dem Publikum meine Spontaneität, denn der Applaus wurde stärker und stärker. Da sich bei mir recht schnell der zweite Orgasmus in der Manege ankündigte, spielte ich mein Spielchen weiter. Ich stand auf, ging auf den ebenfalls wieder stehenden Clown zu und sprang ihn so an, dass meine Beine seinen Bauch umschlossen. Der Clown konnte sich gerade noch fangen und hielt mich schließlich am Gesäß fest, dann stapfte er, so mit mir bepackt, mit großen Schritten unbeholfen durch die Manege. Ich gehe auch heute noch jede Wette ein, dass er keine Ahnung davon hatte, dass ich währenddessen einen starken Orgasmus hatte. Langsam begann es, mir richtig Spaß zu machen. Angst davor, meinen dritten Orgasmus zu bekommen, hatte ich nicht mehr. Ich wusste mir ja inzwischen zu helfen, irgendetwas würde mir spontan schon einfallen, um einen erneuten Orgasmus zirkusreif kaschieren zu können. Und so war es dann auch. Als ich mich von meinem Clown wieder gelöst hatte, bekam ich meinen dritten Orgasmus. Und da es sich schon einmal bewährt hatte, versuchte ich erneut, den Clown anzuspringen. Darauf wollte er sich aber diesmal nicht einlassen, sondern flüchtete durch die ganze Manege vor mir, ich ihm hinterher, zunächst sehr eiern - wegen meines Orgasmus -, dann wieder eher athletisch, als mein Orgasmus abgeklungen war. Nach einer Weile blieb der Clown plötzlich stehen und hielt seine Hand wie ein strenger Schutzmann in die Höhe als Zeichen, dass auch ich stehenzubleiben hatte. Ich war gespannt darauf, was nun kommen würde. Doch es geschah nichts Besonderes, er nahm lediglich meine rechte Hand und schüttelte sie mit einer übertriebenen Geste des Dankes. Anschließend zeigte er in Richtung meines Sitzplatzes. Mir wurde schnell klar, er wollte, dass ich mich wieder setzen sollte. Doch nicht mit mir, ich schüttelte nur provokant den Kopf, ich ließ mich nicht so leicht auf meinen Platz verweisen. Er nickte daraufhin heftig mit seinem Kopf. Ich schüttelte meinen Kopf erneut und er nickte stärke und stärker, mit entsprechend flehentlichen Blicken. Das wiederholte sich noch einige Male. Als nun er auf die Knie sank und mich anflehte, ihn doch endlich zu verlassen, gab ich schließlich klein bei. Das Publikum erkannte die missliche Lage des Clowns, was es aber nicht davon abhielt, mir Standing Ovation zu geben, als ich während meines vierten Orgasmus zu meinem Platz taumelte. Ich hatte den Clown in der Manege, seiner heiligen Bühne, nicht nur in die Flucht geschlagen, sondern ihm auch noch seine komplette Show gestohlen, die mich im Nachhinein dann doch brennend interessiert hätte; aber die bekamen wir nicht mehr zu sehen. Der Clown hatte wohl genug, er verschwand ohne weitere Späße, lediglich winkend, durch den Vorhang. Nun ja, was soll's, schließlich war ich, Lea Bachmann, für knapp zehn Minuten der eigentliche Star in der Manege. Dank meiner Orgasmen!

»Vielleicht bist du ja doch eine Nymphomanin?!«, meint Miriam schmunzelnd.

»Du weißt, dass es nicht so ist«, entgegne ich ihr schroff.

»Möglicherweise ist es aber so und dein Verstand verdrängt dein heimliches Verlangen, es immer und überall und egal mit wem treiben zu wollen«, versucht sie mich weiter zu provozieren.

»Blöde Pute!«, schmettere ich ihr an den Kopf.

Mit Miriam verbindet mich eine kompromisslose und offene, zuweilen auch brutale beste Freundschaft. Wir sagen uns Dinge auf eine Art und Weise, wie es normalerweise nur in Männerfreundschaften möglich scheint. Was uns gerade durch den Kopf geht, hauen wir raus, selbst wenn es den jeweils anderen zunächst schockieren oder sogar verletzen sollte. Aber das schulden wir unserer vereinbarten bedingungs- und schonungslosen Ehrlichkeit dem jeweils anderen gegenüber. Manchmal streiten wir auch heftig miteinander, doch unsere auf den Streit unmittelbar folgende Versöhnung gehört ebenso dazu. Schimpfworte oder beleidigende Formulierungen gibt es bei uns nicht. »Blöde Pute!« hat bei uns keine andere Aussagequalität als: »Das ist aber nicht sehr nett von dir!« Aus diesem Grund hat unsere Freundschaft etwas absolut Unverkrampftes, Entspanntes, Erfrischendes. Nichts in der Welt würde ich für diese, seit nunmehr sieben Jahren andauernde Freundschaft eintauschen.

»Ich muss zugeben, ich habe dich am Anfang um deine ganzen Orgasmen beneidet«, sagt Miriam mit strahlenden Augen. »Ich habe deine Dauererregtheit lange Zeit nicht als Krankheit realisiert. Mann, was hätte ich liebend gern mit dir getauscht. Und nicht nur bloß für einen Tag oder eine Woche.«

»Und wie siehst du es heute?«, frage ich neugierig.

»Mittlerweile beneide ich dich nicht mehr um deine Tausend Orgasmen pro Woche. Ich weiß ja, was du alles mitgemacht hast und immer noch mitmachst.«

»Ich hoffe stark, ich finde bald eine Lösung.«

Ich berichte Miriam über den Stand meines Experiments, das ich am heutigen dritten Tag extra für ihren nachmittäglichen Besuch unterbrochen habe. Aber ich musste sie einfach in meiner Nähe haben, um mich mit ihr kurz austauschen zu können. Mit Lars geht das zwar auch, aber mit Miriam, und damit von Frau zu Frau, geht es noch einen Tick besser. Vor allem hat sie die Gabe, bei aller Ernsthaftigkeit immer alles mit einem ihr eigenen Humor zu würzen. Und dabei verschont sie sich auch selbst nie. Sie teilt aus, zuweilen auch weit unter der Gürtellinie, aber sie kann auch ordentlich einstecken. Sie liebt es regelrecht, verbal hart angegangen zu werden. Nichts findet sie langweiliger als ein normales, gesittetes Gespräch über beiläufige Themen, obwohl sie das natürlich auch beherrscht, wenn sie denn will. Doch sie will meist nie.

»Ich melde dich noch heute für das Guinness-Buch der Rekorde an.«

»Ich bin mir nicht mal sicher, ob ich Rekordhalterin der täglichen Anzahl von Orgasmen bin.«

»Möglicherweise nicht weltweit, aber mit Sicherheit in Deutschland.«

»So etwas Ungewöhnliches würden die vermutlich nicht mit aufnehmen. Das wäre denen sicherlich viel zu obszön.«

»Dann bringen wir eben selbst ein Buch der Rekorde heraus, in dem nur kuriose Dinge aufgeführt werden. Das Besondere an diesem Buch mit Alleinstellungsmerkmal sollte dann sein, dass darin nur solche Dinge aufgeführt werden, für die die betroffenen Menschen nichts können. Also keine schrillen Rekorde im Dauervögeln, Lollipop-Dauerlutschen, Gummibärchenweitwurf oder Ähnliches, sondern nur äußerst seltene bzw. medizinisch unerklärliche Phänomene rund um den Menschen, wie zum Beispiel unbekannte, sonderbare Krankheiten.«

»Keine schlechte Idee, Miri. Vielleicht wäre dieses Buch ein wichtiger Beitrag, um auf die Nöte und die Hilflosigkeit der betroffenen Menschen aufmerksam zu machen, die ja in der Regel zu einer absoluten Randgruppe gehören.«

Ich erzähle Miriam von meinen Überlegungen zum Institut zur Erforschung der andauernden genitalen Erregungsstörung e. V.

»Super Sache«, ernte ich sogleich von ihr. »Vielleicht kann das Institut als Herausgeber des

´Bachmann-Buchs für außergewöhnliche und seltene medizinische Phänomene´, so der mögliche Titel, fungieren.«

»Ist gespeichert. Kommt alles in die Ideensammlung für mein weiteres Engagement in diesem Bereich.«

Wir gehen in die Küche und kochen uns Kaffee.

»Hast du jemals ernsthaft in Erwägung gezogen, dass du vielleicht doch nymphomanisch veranlagt sein könntest?«, wollte Miriam von mir wissen.

»Nein, nicht wirklich. Letztlich bist du als Frau ja auch nicht gleich lesbisch, wenn du eine andere Frau sexy findest.« Ich zwinkere Miriam neckisch zu, was sie, gewollt übertrieben, umgehend erwidert. »Genauso wenig bist du sofort eine Nymphomanien, nur weil du mehrere Orgasmen am Tag hast. Zumal du diese, wie in meinem Fall, ja nicht heraufbeschwörst. Würde ich ständig nach einem sexuellen Hochgefühl lechzen, wäre das etwas anderes. Die Grenze zur Nymphomanie wäre dann sicher schnell überschritten. Voraussetzung wäre aber die permanente Lust auf Sex, insbesondere das starke, eher schon unbändige Verlangen nach Geschlechtsverkehr mit ständig wechselnden Partnern. Ich aber bekomme neunundneunzig Prozent meiner Orgasmen, ohne nach sexueller Befriedigung zu trachten, und das auch noch in den unerotischsten und abtörnendsten Situationen. Du kennst ja viele meiner ungewöhnlichen Erlebnisse. Ich bekomme meine Orgis einfach so, ob ich es will oder nicht, egal an welchem Ort. Das hat mit einer nymphomanischen Veranlagung nichts zu tun, nicht das Geringste. Das habe ich seinerzeit relativ schnell über das Internet herausgefunden. Über Nymphomanie bzw. Hypersexualität sind dort reichlich Quellen vorhanden, über PGAD leider nicht.«

»Auch Hypersexualität kann zur Qual werden«, sagt Miriam fast ein wenig bedauernd, so als wisse sie, wovon sie spricht.

»Letztlich kann alles zur Qual werden, wenn ein bestimmtes Maß an Normalität überschritten wird. Der Putzfimmel gehört hier genauso dazu, wie übermäßiger Alkoholkonsum oder der unbändige Zwang, alles horten zu müssen.«

»Ja, oder der Zwang, ständig etwas kaufen zu müssen.«

»Letztlich ist aber die Qual, die du meinst, eine selbst geschaffene Abhängigkeit, also eine Sucht. Sie ist nach medizinischem Verständnis ein zwanghaftes Verlangen, einen bestimmten Erlebniszustand zu erreichen. Diesem Verlangen wird der Verstand völlig untergeordnet. Ich aber habe kein Verlangen, ständig Orgasmen zu bekommen, jedenfalls nicht über zweihundertmal am Tag. Meine Orgis kommen, wann sie wollen. Ich bin ihnen völlig ausgeliefert, doch ich brauche sie nicht. Ich könnte auf sie von jetzt auf gleich verzichten, zumindest was ihre ungeheure, unnormale Häufigkeit angeht.«

»Aber deine unermesslich vielen Orgis brauchen dich! Denn ohne dich und deine Krankheit könnten sie nicht sein. Du bist quasi ihr Wirt, ihre Lebensgarantie.«

»Du personifizierst sie ja richtig, man könnte fast meinen, du hättest Mitleid mit ihnen.«

»Kannst du denn mit Sicherheit ausschließen, dass sie nicht auch für wenige Sekunden energetische Gebilde oder gar Wesen sind, womöglich bestückt mit einer Art von kurzzeitiger Geistigkeit?«

»Das wird mir jetzt zu philosophisch. Insbesondere deine Aussage, dass meine ganzen Orgis ohne mich und meine Krankheit nicht sein könnten. Denn letztlich gilt dieses Argument aufgrund der Dualität bzw. Polarität hier auf Erden ja für alles. Jede Krankheit braucht einen Körper, weil ohne Körper keine Krankheit existieren kann. Ohne Leben könnte auch der Tod nicht sein. Ohne Unlust keine Lust - und so weiter und so fort. Mit dieser durchaus richtigen Sichtweise kommt die Menschheit aber nicht weiter, weil auf Erden das Eine ja niemals ohne das Andere sein kann, genauso wenig wie das Andere niemals ohne das Eine sein kann. Miri, letztlich will ich ja nur, dass meine Dauererregtheit verschwindet. Auf Nimmerwiedersehen! Nichts weiter!«

Ich breche in Tränen aus. Miriam nimmt mich in die Arme und streichelt mir sanft über meine langen Haare. Sofort entziehe ich mich dieser tröstenden Zärtlichkeit und fange, während ich einen Orgasmus habe, noch mehr zu weinen an.

»Denk daran, du gebierst vielleicht just in diesem Moment ein energetisches Wesen, auch wenn es nur für wenige Sekunden das Licht der

Welt erblickt. Darf ich dich für diesen kurzen Augenblick Mama nennen?«

» Miri, halt die Klappe!«

Soweit es geht, verdränge ich, dass ich seit gut einem Dreivierteljahr meinen Beruf als Sterbebegleiterin nicht mehr ausüben kann. Meine ständigen Orgasmen machen mir ein seriöses Arbeiten in diesem Bereich absolut unmöglich. Es war schrecklich für mich, das einsehen und entsprechende Konsequenzen ziehen zu müssen. Aber es ging nicht mehr; ich war meinen Patienten nicht mehr zumutbar. Ihnen war ein würdevolles Sterben in meiner Gegenwart einfach nicht mehr möglich. Anstelle meines eigentlichen Jobs arbeite ich nun in der Krankenhausverwaltung. Diese stupide Bürotätigkeit, ohne jeglichen Patientenkontakt, befriedigt mich zwar in keiner Weise, dennoch bin ich der Krankenhausleitung sehr dankbar, dass ich in den arbeitsmäßigen Alltag des Krankenhauses eingebunden bleibe. Bis meine Krankheit geheilt ist, verrichte ich dort meine Arbeit; so haben der Betriebsrat und ich es mit der Krankenhausleitung vereinbart. Ich hoffe stark, dass ich bis zu meinem Rentenbeginn hier nicht versauern werde; ich mache einfach das Beste daraus. Gott sei Dank gehen Krankenhausleitung und die Mitarbeiter sehr entspannt mit mir und meiner Krankheit um. Ich ernte keine schrägen Blicke oder blöden Bemerkungen. Diesbezüglich habe ich wirklich Glück im Unglück gehabt. Genau wie an jenem Tag, als mir eine Patientenakte zur digitalen Erfassung von Schwester

Simone mit der Bemerkung übergeben wurde, wie klein die Welt doch sei. Da sie mit einem Lächeln im Gesicht gleich wieder verschwand, hatte ich keine Gelegenheit, sie zu fragen, was sie hiermit gemeint hat. In neugieriger Erwartung widmete ich mich sogleich der vor mir liegenden Patientenakte. Normalerweise überfliege ich das Krankheitsbild des jeweiligen Patienten und erledige dann meine Verwaltungsarbeit. In diesem Fall aber blieb ich am gesamten Akteninhalt hängen, denn was ich dort zu lesen bekam, konnte ich kaum glauben. Schnell wusste ich Schwester Simones Bemerkung von vorhin entsprechend einzuordnen.

Aus der Patientenakte ging hervor, dass am gestrigen Tag der 45-jährige Jochen Kremmel unser Krankenhaus wegen unerklärlicher Unterleibsbeschwerden aufgesucht hat. Die ersten Untersuchungen ergaben keine klare Diagnose. Die seit anderthalb Wochen auftretenden Beschwerden wurden von ihm beschrieben - und diese Passage habe ich ungläubig immer und immer wieder lesen müssen - als ein mehrfach am Tag willkürlich auftretendes krampfartiges Stechen im Genitalbereich. Der Patient verglich diesen Umstand mit Erregungszuständen, wie sie bei beginnenden Orgasmen aufträten. Allerdings komme es nahezu in allen Fällen nicht zu einer Ejakulation. Vielmehr habe er ständig das Gefühl, kurz davorzustehen. Lustvoll oder befriedigend sei das alles nicht. Im Gegenteil, die körperlichen Auswirkungen seien für ihn sehr unangenehm, bisweilen auch äußerst schmerzhaft. Spontan dachte ich, was dieser Jochen Kremmel doch für ein armer Mann sein musste und dass ich höchstwahrscheinlich sogar besser dran war als er. Meine ständigen Orgasmen führen immerhin zu einem Höhepunkt, zu einer Entladung der aufgestauten Energie. Schmerzen, weil sich meine Orgasmen nicht entfalten konnten, wie so eine Art sich nie auflösender Rückstau, habe ich in diesem Sinne nicht. Schmerzen habe ich im gesamten Unterleibsbereich lediglich aufgrund der Vielzahl meiner Orgasmen. Ich vermute, dass dahinter ein permanenter Muskelkater steckt, der aber gut auszuhalten ist. Ohne diesen Jochen zu kennen, tat er mir sehr leid.

Zwei Tage nachdem ich unseren neuen Patienten digital aktenkundig gemacht hatte, besuchte mich unser Oberarzt Dr. Schanz, Facharzt für Urologie und Andrologie. Dr. Schanz ist Mitte Fünfzig, knapp zwei Meter groß, kahlköpfig, sympathisch und äußerst attraktiv. Und vor allem hat er einen faszinierenden stechenden und zugleich tiefgründigen Blick, wie es seinerzeit Yul Brynner, der US-amerikanische Schauspieler mit russisch-mongolisch-schweizerischer Herkunft hatte. Ein toller Mann, unser Chef-Urologe. Ich muss knallrot geworden sein, als er nach dem Anklopfen mein Zimmer betrat. Sofort hatte ich die Befürchtung, einen Orgasmus zu bekommen, was mir jedoch glücklicherweise erspart geblieben ist. Dr. Schanz weiß um meine Krankheit, er hat mich aber selbst nie untersucht, so wie das auch kein anderer Arzt und keine andere Ärztin aus dem Krankenhaus getan hat.

»Guten Tag Frau Bachmann.«

»Dr. Schanz, auch Ihnen einen guten Tag. Was verschafft mir die Ehre?«

»Um gleich zur Sache zu kommen, Frau Bachmann, ich habe leider nicht allzu viel Zeit. Kennen Sie die Akte von Herrn Kremmel, Jochen Kremmel? Sie müssten sie bereits vorliegen haben.«

»Ja, ich habe sie vorgestern erfasst und bereits digitalisiert.«

»Sehr gut. Haben Sie sich mit dem Krankheitsbild des Patienten vertraut gemacht? Ich weiß, das ist eigentlich nicht Ihre Aufgabe.«

»Ja, Dr. Schanz, in diesem Fall schon. Natürlich habe ich sehr aufmerksam registriert, dass er wohl auch an PGAD leidet.«

»Und genau deswegen bin ich bei Ihnen, Frau Bachmann. Ich muss gestehen, dass mir PGAD als Krankheit vor der Kenntnis Ihres Falles bisher unbekannt war, dass aber auch Männer sie haben können, ist für mich doppelt erstaunlich. Wissen Sie, da studiert man viele Jahre lang Medizin, schreibt einige Zeit an seiner Doktorarbeit im Bereich Urologie und arbeitet schließlich eine noch längere Zeit als Urologe, als vermeintlicher Spezialist. Und dann wird man mit einer relativ unbekannten, nicht erforschten Krankheit konfrontiert, mit der man überhaupt nichts anzufangen weiß. Ich denke, Sie als Sterbebegleiterin haben es da ein wenig leichter. Sie erleben viel häufiger als ich unerklärliche Phänomene. Daher wissen sie vermutlich eher, wie man damit umzugehen hat. Nun, ich bin quasi wegen Ihrer doppelten Betroffenheit zu Ihnen gekommen, aber natürlich auch wegen Ihrer, der Krankenhausleitung nicht verborgen gebliebenen Kompetenz als einfühlsame Fachkraft. Kurz: Zum einen habe ich Sie aufgesucht, weil Sie sich aus eigener Erfahrung mit dem Krankheitsbild PGAD bestens auskennen und mir bestimmt wertvolle Hinweise geben können, die für die Behandlung von Herrn Kremmel hilfreich sein könnten, zum anderen bin ich hier, weil ich von Ihnen gern in Erfahrung bringen möchte, wie Sie in Ihrem Fachbereich mit unerklärlichen Phänomenen umzugehen pflegen.«

Ich war baff. Eine Koryphäe wie Dr. Schanz kommt zu mir ins Zimmer und sucht meinen Rat. Aufgrund der plötzlich entstehenden Wärme in meinem Gesicht schloss ich, dass ich wieder rot geworden bin. Dieses Mal bekam ich allerdings einen Orgasmus. Dabei krallte ich mich am Schreibtisch fest und blinzelte einige Male verstohlen zu meinem Gesprächspartner. Dieser schaute während meines Orgasmus seitlich rechts auf den Boden. Was für ein Gentleman!

»Absolut kein Problem«, merkte er verständnisvoll an, »mittlerweile weiß ich ja um die willkürliche Entstehung Ihrer Orgasmen.«

»Daher werde ich mich auch nicht entschuldigen«, sagte ich forsch mit einem Lächeln im Gesicht, als ich mich wieder gefangen hatte. Auf seine anschließende Bitte hin berichtete ich Dr. Schanz im Schnellverfahren über meine eigenen

Erfahrungen mit PGAD und wie es mir derzeit ging.

»Ich sehe schon, kein Arzt bzw. Heilpraktiker konnte Ihnen bisher helfen. Ich hab es befürchtet«, merkte er sichtlich frustriert an.

»Leider ist das so. Ich werde mich selbst therapieren müssen. Ab kommender Woche habe ich fünf Tage Urlaub. Da werde ich ein Experiment an mir durchführen in der Hoffnung, zu einer hilfreichen Erkenntnis zu gelangen, wie ich meine Dauererregtheit signifikant bändigen kann.«

»Wollen Sie mir Näheres zu Ihrem geplanten Selbstexperiment sagen?«

»Ehrlich gesagt, möchte ich das im Vorfeld meines Experiments nicht so gern, zumal die eine oder andere Überlegung hierzu noch nicht abgeschlossen ist. Ich werde Ihnen aber berichten, wenn ich wieder zurück bin.«

»Versprochen?«

»Versprochen!«

»Noch etwas, Frau Bachmann. Wäre es eine Zumutung, Sie darum zu bitten, mit Herrn Kremmel Kontakt aufzunehmen? Ich denke, dass dies sehr hilfreich sein könnte im Hinblick auf seine Psyche. Wenn er weiß, dass es jemanden gibt, der in gleicher oder zumindest vergleichbarer Weise betroffen ist, wäre das für ihn vermutlich sehr ermutigend. Insbesondere für seinen Heilungsprozess kann dieser Umstand sehr förderlich sein. Im umgekehrten Fall wäre das seinerzeit sicher auch für Sie sehr hilfreich gewesen.«

Ich schaute Dr. Schanz mit großen Augen an.

»Es wäre doch ein Versuch wert«, fügte er sogleich hinzu. »Ich würde Herrn Kremmel natürlich zuvor anrufen und um sein Einverständnis bitten, dass Sie ihn kontaktieren dürfen, allein schon wegen der ärztlichen Schweigepflicht und des Datenschutzes.«

Nach kurzer Überlegung erklärte ich mich hierzu bereit. Mit jemandem zu sprechen, der Ähnliches durchmacht wie ich, erschien mir aufschlussreich werden zu können. Allerdings wäre es mir lieber gewesen, wenn es sich bei dem Leidensgenossen um eine Frau gehandelt hätte, was ich Dr. Schanz gegenüber auch anmerkte.

»Das kann ich gut nachvollziehen, Frau Bachmann. Aber es ist nun mal so, wie es ist, und ich denke, Sie werden damit letztlich keine Probleme haben. Als Sterbebegleiterin haben Sie mit viel größeren Herausforderungen zu tun. Womit ich zu meinem zweiten Anliegen komme. Wie gehen Sie mit unerklärlichen Phänomenen um? Das ist für mich gerade deswegen interessant zu erfahren, weil ich hin und wieder in Bezug auf Heilungen auch mit unerklärlichen medizinischen Phänomenen konfrontiert werde, die letztlich nur als Wunderheilung angesehen werden können.«

Dr. Schanz berichtete mir von einem Fall vor einem halben Jahr. Bei einem 56-jährigen Patienten wurde ein bösartiger Tumor sowohl im Kopf als auch am Hoden diagnostiziert. Eine Operation, um den Tumor im Kopf sicher zu entfernen, war nicht möglich. Aufgrund der schwierigen Lage des Tumors wäre die Schädigung des Gehirns unausweichlich gewesen. Aufgrund dessen verweigerte der Patient auch eine Behandlung des Tumors an seinem Hoden. Was nütze ihm, so der Patient nachvollziehbar, eine erfolgreiche Operation am Hoden, wenn der Tumor im Kopf inoperabel sei. So wurde dem Patienten offenbart, dass er nur noch wenige Wochen zu leben habe. Dieser Patient kam nun vor sechs Wochen wieder ins Krankenhaus, und zwar äußerst fidel; er sah blendend aus. Untersuchungen ergaben, dass der Tumor sowohl im Kopf als auch am Hoden vollständig verschwunden war. Außer zu beten und sich gesund zu ernähren, habe der Patient nach eigener Beteuerung nichts weiter gemacht. Er habe weder einen Schamanen noch sonstige Wunderheiler aufgesucht. Er sei aber von Anfang an zuversichtlich gewesen, seinen Krebs besiegen zu können, allein mit seiner Gedankenkraft. Die Ärzteschaft im Krankenhaus stand und stehe immer noch vor einem großen Rätsel. Medizinisch sei das absolut nicht zu erklären.

Ich berichtete daraufhin von einigen Erlebnissen mit meinen sterbenden Patienten, Erlebnisse, die ebenfalls der Kategorie ´Wunder´ zuzuordnen sind. Mittlerweile waren sie für mich aber nichts Neues mehr. Ich erzählte Dr. Schanz, wie ich mit ihnen umgehe, vor allem aber davon, dass ich meinen Patienten und den jeweiligen Erlebnissen mit größter Demut begegne und diesbezüglich nichts in Zweifel ziehe. Jedes Sterbeerlebnis habe für mich einen individuellen heiligen Moment. Das bedingungslose Akzeptieren, dass es Dinge zwischen Himmel und Erde gibt, die einfach nicht erklärbar sind, sei für mich und meine Arbeit existentiell. Dr. Schanz und ich tauschten uns noch einige Minuten über diesen Punkt aus, ehe sein Handy klingelte und er wieder gehen musste.

Nun liege ich am vierten Tag meines Experiments wieder gefesselt im Bett und überlege, ob ich Herrn Kremmel tatsächlich anrufen soll. Das Okay, dies tun zu dürfen, habe ich jedenfalls am letzten Arbeitstag vor meinem Urlaub von Dr. Schanz erhalten. Soll ich oder soll ich nicht? Und wenn ja, soll ich es jetzt oder erst zu einem späteren Zeitpunkt? Gut eine Stunde grüble ich über diese Frage. »Du feige Nuss«, schmettere ich mir schließlich an den Kopf. Ich fasse mir ein Herz und lasse mir von Lars das Telefon bringen und meine rechte Hand losbinden. Die Telefonnummer von Herrn Kremmel hat mir Dr. Schanz auf ein Post-it geschrieben. Seitdem klebt dieser gelbe Notizzettel seitlich an meinem Nachttisch und lässt mir keine Ruhe. Ich wähle die Nummer und spüre, wie mein Herz zu rasen beginnt. Das letzte Mal, dass ich derart aufgeregt gewesen bin, ist schon eine Weile her. Es tutet und tutet am anderen Ende. Warum bin ich eigentlich so aufgeregt? »Vielleicht ist er ja auch nicht da«, hoffe ich heimlich. Wieso eigentlich? Sonst bin ich nie so beschissen, auf fremde Menschen zuzugehen! Es tutet und tutet. Gerade als ich die rote Taste meines Telefons drücken will, meldet sich eine freundliche, von unten nach oben aufsteigende tiefe Männerstimme.

»Kremmel.«

»Guten Tag Herr Kremmel. Lea Bachmann ist mein Name.«

»Frau Bachmann«, vernehme ich am anderen Ende der Leitung euphorisch, »das ist aber schön, dass Sie sich bei mir melden. Dr. Schanz hat Ihren Anruf bereits angekündigt.«

»Ich danke Ihnen, Herr Kremmel, dass Sie mir Gelegenheit geben, mit Ihnen zu sprechen«, sage ich höflich und komme mir dabei scheinheilig vor. »Dr. Schanz hat Ihnen sicher erzählt, dass wir Leidensgenossen sind?«

»Das hat er. Und ich war ganz erstaunt, was er mir da alles erzählt hat. Sie Arme haben die Erregungsstörungen ja schon so lange.«

»Seit etwas über einem Jahr, um genau zu sein.«

Ich erzähle Herrn Kremmel von der Entstehung und meinem Werdegang in Bezug auf PGAD. Auch lasse ich ihm an meinem Wissensstand rund um unsere gemeinsame Krankheit teilhaben, ehe ich ihn neugierig frage, wie viele Orgasmen er denn so am Tag habe?

»Derzeit bis zu achtzig. Und wie es bei Ihnen auch der Fall ist, kann ich sie nicht steuern; sie kommen in den unmöglichsten Situationen. Aber wem sage ich das, denn Sie haben ja mehr als doppelt so viele wie ich. Alles fing nach einem Bandscheibenvorfall vor etwas über zwei Wochen an. Ob es hier einen Zusammenhang gibt, kann ich noch nicht sagen. Jedenfalls habe ich gehofft, dass der Spuk von allein wieder endet, was bisher leider nicht geschehen ist. Daher entschloss ich mich, Dr. Schanz aufzusuchen; er wurde mir von einem Bekannten empfohlen. Als medizinischer Laie denkt man ja, dass ein Urologe für die Art meiner Beschwerden genau der richtige Facharzt sei. Aber mir scheint, dass Dr. Schanz mit meinem Krankheitsbild, zumindest derzeit, auch nicht so recht etwas anzufangen weiß. Immerhin nimmt er sich Zeit und ist bemüht, mir zu helfen. Auch mental, was ja gerade die durch ihn initiierte Kontaktaufnahme durch Sie belegt.«

»Für mich ist es absolut neu, mit jemandem zu sprechen, der selbst betroffen ist«, werfe ich sodann ein. »Nicht-Betroffenen die Krankheit zu schildern, die zwar wissen, wie sich ein Orgasmus anfühlt, aber nicht ansatzweise nachempfinden können, wie es ist, zigfach am Tag bzw. in der Stunde über einen sehr langen Zeitraum hinweg Orgasmen ohne jegliches Lustempfinden zu haben, ist ein äußerst schwieriges Unterfangen. Aber mit einem Leidensgenossen zu sprechen, ist - wie ich in diesem Moment tatsächlich erfahre - regelrecht befreiend. Man trifft sofort auf Verständnis, auf Unbefangenheit, auf absolute Offenheit, und wird nicht gleich in eine Schublade gesteckt, an der draufstehen könnte: Wichtigtuerin, Simulantin, Perverse oder dergleichen. Ich muss sagen, ich bin richtig erleichtert; ich muss aber auch gestehen, dass ich gehörigen Bammel hatte, Sie anzurufen. Wahrscheinlich haben Sie entsprechende Erfahrungen aufgrund der kurzen Dauer Ihrer Krankheit noch nicht gemacht, oder?«

»So ist es. Nur meine Frau und meine beiden Töchter wissen derzeit außerhalb des Krankenhauses Bescheid. Und sie gehen sehr fürsorglich mit mir um. Im Moment traue ich mich auch nicht auf die Straße, mit Ausnahme der beiden Krankenhausbesuche. Und ehrlich gesagt, erhoffe ich mir diesbezüglich gerade von Ihnen, den einen oder anderen wertvollen Tipp zu bekommen. Aber auch insgesamt, was den Umgang mit dieser Krankheit angeht, wobei ich selbst noch große Schwierigkeiten habe, meine Beschwerden als Krankheit einzustufen. Ich hoffe inständig, dass der Horror bald ein Ende haben wird. Vielleicht kann Dr. Schanz ein Medikament ausfindig machen, mit dem er mich gezielt behandeln kann. Darauf hoffe ich inständig.«

Dazu sage ich nichts, ich möchte die Hoffnung von Herrn Kremmel auf baldige Genesung nicht zerstören. Und eventuell hilft bei ihm ja tatsächlich ein Medikament, was ich als sensationell ansehen würde. Vielleicht können Männer, die an PGAD leiden, medikamentös besser behandelt werden als Frauen. Bei allem aber, was ich weiß, ist das Krankheitsbild PGAD bei jedem Betroffenen ein höchst individuelles, was es gerade für die Forschung so schwierig macht, Lösungen zu finden.

»Was halten Sie davon, wenn wir uns einmal treffen würden?«, fragt mich Herr Kremmel auf einmal geradeheraus. »Am Telefon ist das Gespräch über ein solches Thema irgendwie komisch. Wir wohnen ja auch nicht weit voneinander entfernt, von daher gäbe es für uns keine geographischen Hürden zu nehmen.«

Ich finde seinen Vorschlag gut und sage spontan zu. Wir verabreden uns bereits für übermorgen, Samstagnachmittag, 15:30 Uhr, bei ihm zu Hause. Einen neutralen Ort für ein Treffen, wie zum Beispiel in einem Café oder einem Stadtpark, mutet er sich im Moment noch nicht zu. Lars wird mich begleiten.

Der Sinn eines Orgasmus ist bei mir dahin. Das denke ich jedenfalls schon seit Längerem. Um das aber letztlich exakt beurteilen zu können, müsste ich wissen, warum es Orgasmen überhaupt gibt. Naheliegend ist der Gedanke, dass er der Fortpflanzung und damit der Evolution, der Sicherung des menschlichen und vermutlich auch des tierischen Lebens dient. Pflanzen hingegen kommen bei ihrer Befruchtung wohl ohne ihn aus, aber wer weiß das schon. Andererseits denke ich auch, dass der Mensch ohne Orgasmus ebenfalls überleben könnte. Wahrscheinlich gäbe es dann nicht so viele Menschen auf der Erde, allerdings wäre das mit Blick auf die Überbevölkerung mit der in manchen Teilen der Erde verbundenen Hungersnot gar nicht mal als so negativ zu werten. Der menschliche Orgasmus muss einfach einen Sinn haben. Die Natur richtet ein solch menschliches Hochgefühl des Körpers in Kombination mit unseren Sinnen mit Sicherheit nicht grundlos ein. Allerdings ist mir nicht ersichtlich, warum die Natur die Dauererregtheit bei Menschen zulässt. Wozu soll sie nützlich sein? Lediglich zur Erweiterung des Bewusstseins des jeweils Betroffenen bzw. derjenigen Mediziner, die sich mit dieser Krankheit beschäftigen? Wenn dem so wäre, könnte ich streng genommen noch nicht einmal davon ausgehen, dass PGAD eine bloße Laune der Natur ist.

Mir reicht es jetzt! Ich nehme Judiths Angebot an. Judith ist Diplom-Biologin und eine sehr gute Freundin von mir. Wir haben uns im Spanienurlaub vor drei Jahren kennengelernt und sofort gewusst, dass wir auf einer Wellenlänge sind. Leider wohnen wir einige Hundert Kilometer voneinander entfernt, daher können wir uns nur selten treffen. Wiederholt hat sie mir angeboten, über das Thema ´Der Sinn des Orgasmus´ zu sprechen. Judith weiß von meiner Krankheit. Sie glaubt, dass das Wissen um das Wesen des Orgasmus eine positive Wirkung in mir entfalten, vielleicht sogar das auslösende Moment für einen nachhaltigen Heilungsprozess sein könnte. Ein Gespräch über das Phänomen ´Orgasmus´ habe ich bislang gemieden, weil ich Angst hatte, dass dies womöglich kontraproduktiv ist und die Symptome der Dauererregtheit bei mir vielleicht sogar noch verschlimmert. In meiner jetzigen experimentellen Phase muss ich indes einiges ausprobieren. Und vielleicht hat Judith ja auch recht und das Wissen um den Sinn des Orgasmus löst in mir tatsächlich etwas aus, was förderlich für die Bekämpfung meiner Dauererregtheit ist. Per WhatsApp verabreden wir uns zum Skypen für den späten Nachmittag. Bis dahin werde ich mich, wieder einmal gefesselt ans Bett, - es ist der fünfte Tag meines Experiments - ruhig verhalten und mich lediglich von meiner mich ablenkenden Gedankenwelt vereinnahmen lassen. Mittlerweile habe ich festgestellt, dass die Anzahl meiner Orgasmen seit Beginn meines Experiments drastisch zurückgegangen ist. Weniger Bewegung bei gleichzeitiger mentaler Ablenkung lässt deren Anzahl erheblich sinken; mehr als 110 Orgasmen hatte ich die letzten Tage nicht. Damit habe ich mein Orgasmusaufkommen nahezu halbiert, was ich als durchschlagenden Erfolg verbuche. Denn für mich macht es einen großen Unterschied, ob ich, wie vor meinem Experiment, im Durchschnitt alle sieben Minuten einen Orgasmus bekomme oder nur alle dreizehn bis vierzehn Minuten, wie es in den letzten Tagen durchschnittlich der Fall war. Nur kann für mich das Experiment natürlich keine Dauerlösung sein, allein schon wegen des erhöhten Thromboserisikos durch das lange Liegen. Bewegung ist das A und O für den körperlichen Organismus. Die aus meinem Experiment gewonnene Erkenntnis kann ich daher nur als ein wichtiges Zwischenergebnis werten.

Die Stunden vergehen. Dann endlich ist es soweit, es ist Punkt 17:00 Uhr. Seit zehn Minuten sitze ich schon vor meinem Computer und starre auf die Uhr. Wie an Sylvester zähle ich ungeduldig die letzten zehn Sekunden rückwärts, bevor ich mit Judith in Kontakt trete.

»Hallo Leachen, wie geht es dir?«, meldet sie sich sogleich gut gelaunt.

»Hi Judy, danke, soweit ganz gut. Und dir? Wow, du hast ja eine neue Frisur. Sieht richtig fesch aus!«

Da wir uns einige Wochen weder gesprochen noch gesehen haben, tauschen wir uns zunächst ein wenig aus, bevor wir schließlich zu der eigentlichen Thematik unseres Gesprächs kommen.

»Um es gleich vorwegzunehmen, Lea, es gibt wissenschaftlich keine gesicherte Erkenntnis, die den genauen Sinn des Orgasmus offenbart. Daher gibt es auch keine allgemein anerkannte Theorie hierzu.«

»Wieso wundert mich das nicht?! Es wäre ja auch zu einfach, wenn das Wesen des menschlichen Orgasmus kein Geheimnis mehr wäre.«

»Gleichwohl verdeutlichen die zahlreichen Theorien in ihrer Gesamtheit, dass der Orgasmus wohl auch nicht nur einen einzigen Sinn hat. Diese Auffassung vertrete übrigens auch ich.«

»Du meinst also, dass der Orgasmus nicht nur einen evolutionären Sinn hat, also nicht ausschließlich der Überlebensfähigkeit, der Vermehrungsrate und damit dem Fortbestand der Menschheit dient?«, frage ich Judith genauer.

»Ja, zumindest was den weiblichen Orgasmus betrifft. Einige Evolutionsbiologen halten die weibliche Lust, die zu Orgasmen führen kann, für ein geschlechterspezifisches Nebenprodukt bzw. mangels biologischer Funktion lediglich für ein Potenzial, vergleichbar mit den Brustwarzen bei den Männern. Ihre Busenrudimente taugen nicht zum Säugen, können aber beim Streicheln, genau wie bei weiblichen Brustwarzen, angenehme Gefühle hervorrufen.«

»So gesehen, sind die Brustwarzen der Männer im Grunde überflüssig und dienen nur der Optik.«

»Manche Evolutionsbiologen sind ebenfalls der Auffassung, dass der weibliche Orgasmus überflüssig sei, weil eine Frau auch ohne Höhepunkt schwanger werden kann. Bezogen auf den Höhepunkt bei Männern ist das etwas anders, er ist fast immer mit einem Samenerguss verbunden, der für die Fortpflanzung und die Arterhaltung wesentlich ist.«

Ich muss bei Judiths letzten Worten sofort an Herrn Kremmel denken. »Beim weiblichen Orgasmus kommt es zu einer rhythmischen Kontraktion der Gebärmutter, die sich dabei mehrmals etwas herausstülpt, was bewirkt, dass die Spermien schnellstmöglich eingesogen werden und somit leichter bis zur Eizelle gelangen.« Ähnlich wie bei einer Sau, denke ich im Stillen und muss schmunzeln, ehe ich fortfahre: »Auf diese Weise wird beim lustvollen Akt die Empfängnisbereitschaft erhöht, was letztlich dann doch der Fortpflanzung und der Arterhaltung dient, weil dieser Vorgang die erfolgreiche Befruchtung fördert.«

»Lea, was du sagst, stimmt schon; im Übrigen ist das die rein anatomische Sichtweise. Es ändert aber nichts an der evolutionsbiologischen Tatsache, dass für eine erfolgreiche Befruchtung der Frau ein weiblicher Orgasmus nicht erforderlich ist. Einige Verhaltensbiologen betrachten ihn gleichwohl nicht als sinnlos, weil er als intimes Erlebnis gemeinsam mit einem Mann bei den frühen Homo Sapiens höchstwahrscheinlich die Paarbildung und damit die beziehungsmäßige Bindung gefördert hat. Und dies sei für die soziale Entwicklung, insbesondere mit Blick auf ein fürsorgliches Aufziehen der Nachkommen, ein selektiver Vorteil gewesen.«

»Gibt es zwischen dem weiblichen Orgasmus und der Fruchtbarkeit einer Frau wirklich keinen direkten Zusammenhang?«

»Ein solcher konnte in der Tat bislang nicht nachgewiesen werden.«

»Muss die weibliche Lust in letzter Konsequenz gar als eine verschwenderische Laune der Natur angesehen werden?«

»Nun, zumindest ist es eine Tatsache, dass Frauen auch außerhalb des Geschlechtsaktes zum Höhepunkt kommen können. Ich meine jetzt nicht aufgrund solcher absonderlichen Fälle wie bei dir. Vielmehr meine ich die Selbstbefriedigung, die meist intensiver und schöner erlebt wird als die Befriedigung beim Geschlechtsakt. Das Gleiche gilt auch für Männer. Allein das zeigt, dass der sexuelle Höhepunkt, rein biologisch gesehen, kein Muss für die Fortpflanzung ist.«

»Letztlich könnten für das Aussterben der Menschheit sogar drei Menschengenerationen ausreichen, die zwar auf Teufel komm raus lustvollen Sex miteinander haben könnten, ohne sich aber dabei fortpflanzen zu müssen. Bei einer perfekten Verhütung und einer ausschließlichen Selbstbefriedigung bzw. gegenseitigen oralen Befriedigung könnte es die Menschheit also schaffen, sich in weniger als Hundert Jahren selbst auszurotten.«

»Ja, rein theoretisch wäre das denkbar, praktisch aber wohl völlig unwahrscheinlich.«

»Quasi ein kollektiver Völkerselbstmord, ohne dass es dabei zu Tötungsdelikten kommt. Zwar gibt es den Tatbestand der Tötung durch Unterlassen, wenn aber das Unterlassen lediglich darin bestünde, sich einfach nicht mehr fortzupflanzen, wäre das zwar das Ende der Menschheit, aber eben nicht strafbar.«

»Na, Leachen, jetzt geht es aber mit dir durch. Man merkt, dass du mit einem angehenden Juristen liiert bist.«

Wir müssen beide lachen.

»Wir sollten natürlich eins bedenken«, fährt Judith nach einer kurzen Pause fort, »Orgasmen lediglich auf den biochemischen Aspekt zu reduzieren, wäre zu kurz gedacht. Schließlich sind die sexuelle Erregung und der Orgasmus ein ausgesprochen komplexer Prozess, bei dem neben dem Körper auch der Geist mit einbezogen wird. Und wer weiß es besser als du, dass Orgasmen allein durch Gedanken ausgelöst werden können.«

»Nun, ich hatte ja in Bezug auf Sex auch ein Leben vor meiner Dauererregtheit. Ich weiß von daher natürlich auch, dass ein Orgasmus das Zusammenspiel von Geist und Körper erfordert. Allerdings ist ein Orgasmus ohne Körper nicht möglich, wohingegen ein Körper, der nie Orgasmen hatte, überlebens- und vor allen Dingen geschlechts- und fortpflanzungsfähig wäre.«

»Womit du das Argument dafür bringst, wie überflüssig ein Orgasmus aus evolutionsbiologischer Sicht doch ist. Denn du kannst als Frau etliche Kinder auf die Welt bringen, ohne bei einem der Geschlechtsakte jemals einen Orgasmus bekommen zu haben. Noch deutlicher wird das bei Schwangerschaften, die aufgrund von künstlichen Befruchtungen entstehen. Orgasmen erhöhen im Normalfall zwar den Geschlechtstrieb und damit die Chance einer Frau, schwanger zu werden. Sie sind aber nicht Grundvoraussetzung und die Gewähr dafür, Nachkommen in die Welt zu setzen. In der heutigen Zeit weniger denn je.«

»Das könnte für mich die Erkenntnis bringen, dass ich meinen Orgasmen insgesamt weniger Bedeutung beimessen sollte. Damit entzöge ich meiner Dauererregtheit die Energie, womit ich sie unter Umständen eindämmen, zumindest aber einschränken könnte.

»Das wäre aufgrund unserer Überlegung jetzt auch mein Gedanke gewesen.«

»Ich sollte mich auch davor hüten, sie bei mir als Teufelswerk zu betrachten.«

»Das solltest du in der Tat. Die Zeiten sind längst vorbei, in denen Orgasmen als etwas Verbotenes, Schlimmes, nicht Gottgefälliges angesehen wurden. Nichts ist natürlicher, als Orgasmen zu haben. Sie sind von Gott gewollt, wenn du es schon auf eine religiöse Ebene bringen willst. Oder von der Natur, oder dem Schicksal oder wie du die höchste universelle Macht auch immer benennen möchtest.«

»Letztlich müsste auch meine Dauererregtheit von Gott gewollt sein. Wie Krankheiten überhaupt.«

»Das ist wohl so.«

»Aber meine Dauererregtheit ist alles andere als natürlich. Orgasmen in normaler Anzahl schon, aber die extreme Schlagzahl bei mir eben nicht.«

»Das ist leider richtig, Lea. Und dennoch: Normalerweise sind Orgasmen gesund. Sie setzen hohe Dosen an Oxytocin frei und bewirken dadurch eine Phase der Entspannung; beim Geburtsprozess hat dieses Hormon eine wichtige Bedeutung. Darüber hinaus fördert es die Müdigkeit; ein erholsamer Schlaf ist meist die Folge, was wiederum für den menschlichen Körper-Geist-Organismus elementar ist.«

»Ich wache wegen meiner Orgasmen in der Nacht aber regelmäßig auf.«

»Schläfst du jeweils danach nicht wieder entspannt und müde ein?«

»In den meisten Fällen schon.«

»Siehst du! Es gibt aber noch etwas, was erwähnenswert ist: Orgasmen gelten als Jungbrunnen, weil sie den Alterungsprozess verlangsamen und die Regeneration des Körpers fördern.«

»Wow, demnach müsste ich bei meinem Orgasmusaufkommen locker Hundert Jahre alt werden. Und das auch noch bei bester Gesundheit.«

»Ja, warum denn eigentlich nicht? Und rank und schlank bliebest du dabei zudem noch, denn bei jedem Orgasmus werden nicht nur fünfhundert Muskeln bis zum vierfachen ihrer normalen Maximalkraft zeitgleich und isometrisch kontrahiert - also angespannt, ohne ihre Länge zu verändern -, sondern auch mindestens dreihundert Kilokalorien verbrannt.«

»Um das zu verbrennen, müsste ich eine ganze Weile Sport treiben, was ich ja im Moment nicht tue.«

»Für dreihundert Kilokalorien müsstest du zum Beispiel eine ganze Stunde lang intensiv Schwimmen.«

»Mich wundert jetzt, dass ich nicht nur noch Haut und Knochen bin. Denn nach deiner Aussage käme ich an manchen Tagen auf bis zu zweihundertzwanzig Schwimmstunden, bei denen ich um die sechsundsechzigtausend Kilokalorien verbrennen würde!«

»Dein Körper hat sich auf den Dauerbeschuss deines Unterleibes längst gewöhnt und weiß damit regulativ umzugehen. Ich wette aber, dass du seit deiner Dauererregtheit einiges mehr isst.«

»Ja, das stimmt tatsächlich.«

»Bei deinem orgasmenbedingten Kalorienverbrauch ist deine etwas höhere Nahrungsaufnahme natürlich überhaupt kein Problem.«

»Was bleibt also als Fazit? Ich sollte meinen Orgasmen weniger Bedeutung beimessen, sie nicht verteufeln. Im Gegenteil, trotz ihres häufigen Auftretens sollte ich mir den eigentlich gesunden Aspekt eines Orgasmus stets vor Augen halten. Es ist besser, ihnen positiv als negativ gegenüber eingestellt zu sein. Judy, während unseres Gesprächs habe ich übrigens neunhundert Kilokalorien verbrannt!«

»Kompliment Lea, ich habe bei dir tatsächlich nur zwei Orgasmen bemerkt.«

Es ist Samstagvormittag. Ich habe mich von Lars noch einmal für zwei Stündchen ans Bett fesseln lassen. Danach werde ich mein einwöchiges Experiment für beendet erklären. Ich denke, ich habe vorerst genug Erkenntnisse gewonnen, die mir helfen werden, meine Dauererregtheit künftig - mit etwa einhundertzwanzig bis einhundertfünfzig Orgasmen pro Tag - einigermaßen in Schranken halten zu können. Das wäre nicht ganz so schlecht; ich bin durchaus nicht unzufrieden!

Bevor es nachmittags zu Herrn Kremmel geht, will ich mir noch einmal - wie unzählige Male zuvor schon - intensiv durch den Kopf gehen lassen, was der Auslöser für meine Krankheit gewesen sein könnte. Manchmal sind einschneidende Erlebnisse Auslöser für psychosomatische Krankheiten. Allerdings kann ich mich an ein solches Erlebnis kurz vor Ausbruch meiner PGAD nicht erinnern. Erlebnisse mit meinen sterbenden Patienten kommen jedenfalls nicht in Betracht, weder einzelne Erlebnisse noch die Erlebnisse in ihrer Gesamtheit. Dafür bin ich schon zu lange in der Sterbebegleitung tätig. Zwar geht mir jeder einzelne Sterbefall nach wie vor ans Herz, allerdings bin ich mittlerweile Profi genug, um abschalten zu können, sobald ich das Krankenhaus verlasse. Diese Fähigkeit widerspricht auch keineswegs meiner Berufung, sterbende Menschen in den Tod zu begleiten; ich muss nicht vierundzwanzig Stunden am Tag in Gedanken rund um meine Patienten und meine Arbeit sein, um das unter Beweis zu stellen. Die Energie für meinen Job habe ich bis zu meinem Wechsel in die Krankenhausverwaltung stets aus meiner Freizeit gewonnen, in der ich mich in den letzten Jahren jenseits von Sterben und Tod zu einhundert Prozent dem Leben, der munteren Lebendigkeit in mir und um mich herum, zugewendet habe. Wenn also kein konkretes Erlebnis der Auslöser für meine Krankheit gewesen ist, dann muss es etwas anderes, etwas nicht Psychosomatisches gewesen sein. Unter Umständen ein genetischer Defekt? Ein solcher kann natürlich immer für alle möglichen Krankheiten herhalten. Einen Beweis, aber auch einen Gegenbeweis hierfür, gibt es bis heute jedenfalls nicht. Intuitiv schließe ich einen solchen Defekt aber aus, das wäre mir zu einfach. Es muss etwas anderes gewesen sein.

Eine Stunde lang denke ich intensiv darüber nach und vergrabe mich dabei in unvorstellbare Tiefen meiner Erinnerung. Doch nichts, absolut gar nichts kommt zum Vorschein, was aus meiner Sicht als auslösendes Moment für meine Krankheit in Frage kommen könnte. Ich rufe Lars, vielleicht hat er eine zündende Idee.

»Lars, Ursachenforschung ist angesagt: Was fällt dir ein, was sich vor etwas über einem Jahr in meinem Leben gravierend geändert hat? Außer natürlich meine Dauererregtheit selbst.«

»Du hast dich noch unsterblicher in mich verliebt«, frotzelt der Heraneilende.

»Nein Lars, ernsthaft. Ich will den Auslöser für meine Krankheit finden. Unbedingt. Und zwar hier und jetzt. Vorher werde ich das Bett nicht verlassen! Was ist seinerzeit geschehen?«

Wir überlegen gemeinsam, schweigen jedoch die meiste Zeit. Ich sehe Lars aber an, dass er ebenfalls tief in seinen Erinnerungen kramt.

»Vor etwas über einem Jahr sind wir beide Mitglied im Fitnesscenter geworden«, sagt er schließlich.

»Daran habe ich auch schon gedacht. Aber was soll aufgrund dessen meine Krankheit ausgelöst haben? Die Übungen an den Geräten machen am Tag ja Tausende Menschen, ohne dass sie PGAD bekommen.«

»Aber genau das ist ja das Problem, Lea. Der Auslöser für deine außergewöhnliche Krankheit ist vermutlich etwas eher banales, etwas worauf nur du reagierst, nicht aber die Masse der Menschen.«

»Vielleicht kann es auch an meiner Kosmetik liegen. Irgendwelche Inhaltsstoffe, die ich nicht vertrage.«

»Letztlich kann es alles sein, deine Zahnpasta, dein Deoroller, deine Lotion, dein Parfüm und so weiter und so fort. Du müsstest alles eine Zeit lang weglassen oder nach und nach austauschen, um eine Antwort zu finden. Keine Zähne zu putzen, geht natürlich nicht. Waschen und pflegen kann man sich auch gut mit ph-neutralen Produkten; die dürften auf jeden Fall unbedenklich sein. Und was ist mit Schmuck? Irgendeine Allergie gegen irgendein Metall? Du hast doch eine Nickelallergie.«

»Ich habe keinen Nickelschmuck, schon seit über zehn Jahren nicht mehr. Und mit echtem Gold- und Silberschmuck hatte ich noch nie Probleme, auch nicht mit Modeschmuck.«

»Und was ist mit deiner Kleidung? Kann eventuell deine Wäsche irgendwelche Stoffe enthalten, die bei deinem Körper eine entsprechende Reaktion auslösen?«

»Kleidung schließe ich aus. Mein Klamottenstil hat sich in den letzten Jahren nicht geändert. Ich gehe seit Jahren in die gleichen Geschäfte. Woher die jeweils ihre Kleidungsstücke beziehen oder wo sie diese herstellen lassen, weiß ich nicht. Möglicherweise ändern sich mit der Zeit auch die Bestandteile der bei der Produktion verwendeten Textilfasern und Farben, aber eher zum Positiven. Haut- und Umweltverträglichkeit sind keine bloßen Schlagworte der Hersteller mehr. Hiermit wird mittlerweile ja auch verstärkt geworben.«

»Schon, aber was Millionen Menschen vertragen, muss für deinen Körper noch lange nicht verträglich sein.«

»Nein, Kleidung als Auslöser für meine PGAD scheidet aus. Da bin ich mir sicher. Und meine Kosmetikprodukte und Pflegemittel haben sich in den letzten Jahren auch nicht geändert, genauso wenig wie das von mir verwendete Waschpulver. Bleiben eigentlich nur noch Lebensmittel übrig und damit die Nahrung, die ich

144

so täglich zu mir nehme. Lars, weiß du, was ich mir sogar schon überlegt habe?«

»Nein, was denn?«

»Vielleicht sollte ich meine Migräne mit Aura einmal gezielt hervorrufen, mit reichlich Rotwein am Abend und einem Becher Dickmilch am Morgen danach.«

»Und was sollte das deiner Meinung nach bringen?«, fragt Lars skeptisch.

»Möglicherweise kann ich mit dem gezielten Hervorrufen der Migräne mit Aura meine Orgasmen in Schach halten.«

»Lea, das ist jetzt nicht dein Ernst!« Lars schüttelt voller Unverständnis den Kopf. »Heilen kannst du deine Dauererregtheit damit nicht. Das weißt du schon, oder?«

»Ich gebe zu, die Idee ist verrückt, aber wenn es helfen sollte, meine Orgasmen zumindest für eine kurze Zeit vollständig einzudämmen?«

»Lea, selbst wenn dir das gelingen sollte, kannst du dir nicht ständig diese fürchterlichen Schmerzen antun und ganz nebenbei auch noch zur Alkoholikerin werden. Damit ruinierst du dir deine Gesundheit vollends. Sag mir bitte, dass du das nicht wirklich ernst meinst!«

»Du hast ja recht, Lars, das ist wirklich eine bescheuerte Idee. Obwohl ... «

»Lea!«

»Okay, zurück zur Ursachenforschung. Was hat sich unmittelbar vor Ausbruch meiner Krankheit auf meinem Speiseplan Grundlegendes geändert?«

Wir überlegen einige Minuten angestrengt, ehe Lars wie aus dem Nichts auf einmal sagt: »Na, du verzichtest mir zuliebe seit etwas über einem Jahr auf Fleisch.«

»Ach so ja, stimmt. Das hatte ich ganz vergessen, so selbstverständlich ist das für mich schon geworden. Und ich habe diesen Verzicht bisher nicht bereut. Bis auf meine Dauererregtheit fühle ich mich gesundheitlich topfit. An meiner fleischlosen Ernährung kann es nicht liegen. Das widerspräche auch ...«

»Warte mal, was hast du gerade gesagt?«, unterbricht mich Lars auf einmal.

»Dass ich es nicht bereut habe und ich mich bis auf meine Dauererregtheit ...«

»Nein, nein, ich meine, davor.«

Ich zögere. »Äh ... ich habe gesagt, dass das stimmt, was du gesagt hast und ...«

»Nein, so eben nicht! Du hast eingangs gesagt: "Ach so ja ..."«

»Ja und?«

»...so ja ..., verstehst du?«

»Nö!«

»S o j a. Seit etwas über einem Jahr isst du kein Fleisch mehr. Anstelle dessen isst du verstärkt Soja-Produkte, insbesondere jede Menge Tofu-Zeugs.«

»Als Ausgleich für die fehlenden tierischen Proteine.«

»Und du isst nicht gerade wenig davon. Du weißt, dass ich, was Soja-Produkte angeht, aufgrund entsprechender Berichte eher kritisch eingestellt bin. Zumal der Mensch, der auf Fleisch verzichtet, kein zusätzliches Eiweiß benötigt. Davon ist genug in Gemüse, Vollkorn, Nüssen, Joghurt und Käse enthalten. Und das Eiweiß in diesen Produkten ist nativ, also nicht degeneriert wie in diversen Soja-Produkten«

»Du meinst ... ?«

»Na, es könnte doch sein, dass der Verzehr von Soja-Produkten bei dir das eine oder andere bewirkt.«

»Dauererregtheit zum Beispiel?«, frage ich ungläubig.

»Lea, kannst du es ausschließen? Zumindest gibt es hier einen zeitlichen Zusammenhang zwischen deinem verstärkten Soja-Konsum und deiner Dauererregtheit.«

»Zeitlich gesehen, haut das schon hin.«

»Wir haben alles in Erwägung gezogen. Im Wege des Ausschlussverfahrens macht das für mich am meisten Sinn.«

»Mhm, wenn das stimmen sollte ...«

»Probier es aus!«

»Du meinst ...?«

»Na klar, verzichte eine Zeit lang auf jegliche Soja-Produkte.«

»Das wäre fast zu einfach.«

»Mach es nicht unnötig kompliziert! Wenn deine Dauererregtheit dann keine Änderung erfahren sollte, wird es an den Soja-Produkten nicht liegen. Und wenn doch ...? Was riskierst du schon? Nichts. Du kannst nur gewinnen.«

»Nun, auf einen Versuch käme es an.«

»Ich habe mal gelesen - ist schon 'ne Weile her -, dass Soja in früheren Zeiten von Mönchen verzehrt wurde, weil Soja aufgrund der östrogen-ähnlichen Stoffe angeblich die Libido dämpft, was beim ausschweifenden Beten und Meditieren natürlich sehr hilfreich ist. Möglich, dass Soja bei dir eine umgekehrte Wirkung entfaltet. Bei dir wird die Libido eben nicht ruhiggestellt, sondern erst so richtig angeheizt.«

»Aber Libido bedeutet doch sexuelle Lust. Ich bekomme meine ganzen Orgasmen doch in erster Linie, ohne ein sexuelles Verlangen zu verspüren.«

»Lea, ich weiß es doch auch nicht. Vielleicht ist das ja auch alles Quatsch mit meiner Soja-Theorie.«

»Vielleicht aber auch nicht!«

»Sag ich ja. Verzichte ab sofort auf Soja! Das ist kein wirkliches Opfer. Du stellst einfach deine Ernährung um. Aber bitte nicht wieder Fleisch essen, das wäre echt schade.«

»Experiment Eins erkläre ich mit sofortiger Wirkung für beendet. Bind mich los. Experiment Zwei beginnt genau in diesem Moment.«

Befreit von meinen Fesseln, gehe ich in die Küche und werfe, begleitet von Lars staunenden Blicken, sämtliche Soja-Produkte in den Müll. Gestern noch habe ich über die Hungersnot in der Welt philosophiert - wenn auch in Bezug auf den evolutionären Zweck von Orgasmen - und bereits einen Tag später vernichte ich den Großteil meiner Lebensmittel. Wirklich toll!

Es ist kurz nach 15:00 Uhr. Lars und ich sind auf dem Weg zu meinem Leidensgenossen. Ich bin ziemlich aufgeregt; während der Fahrt habe ich drei Orgasmen. Bereits nach einer halben Stunde steuert Lars den Wagen in die Einfahrt eines kleinen, freistehenden, mit roten Steinen verklinkerten Hauses, dessen Alter ich auf neunzig Jahre schätze. Es ist von sehr alten Bäumen umgeben, alles wirkt sehr idyllisch.

Wir klingeln. Meine Anspannung ist auf dem Höhepunkt. Höhepunkt? Jetzt nur keinen Orgasmus bitte! Ein großer schlanker Mann mit einer Kurzhaarfrisur öffnet uns die Tür. Er stellt sich sogleich als Jochen Kremmel vor und heißt uns herzlich willkommen. Er bittet uns ins Wohnzimmer, in dem eine Frau wartet, die er uns als seine Ehefrau Britta vorstellt. Nachdem die Begrüßung abgeschlossen und die Frage, ob wir denn gut hierher gefunden haben, beantwortet ist, bittet er uns auf die Terrasse, um dort Platz zu nehmen. Sogleich möchte seine Frau wissen, ob wir lieber Kaffee oder Tee trinken wollten. Nachdem das geklärt ist, spreche ich Herrn Kremmel auf das schöne Haus an. Während er die Markise herauskurbelt, erfahren wir, dass es dreiundneunzig Jahre alt sei und er es vor dreizehn Jahren von seiner Mutter geerbt habe. Es habe viel Charisma, was seine beiden flippigen Töchter aber nicht ganz so sähen. Ihnen fehle am Haus das Besondere, der moderne Touch. Nach einigen interessanten Ausführungen zur Historie seines Hauses - es steht auf einem ehemaligen Friedhof -, kommt seine Frau zurück, mit einer großen Kanne Kaffee, einem selbstgemachten Erdbeerkuchen und reichlich frisch geschlagener Sahne. Als der Kaffee in den Tassen dampft und jeder Teller mit Kuchen und Sahne bestückt ist, prescht Herr Kremmel vor:

»Was halten Sie davon, wenn wir uns duzen würden? Ich meine, Frau Bachmann, wenn wir schon eine so seltene und intime Gemeinsamkeit teilen, dann sollte das *Sie* doch bereits zu Beginn unseres Kennenlernens der Vergangenheit angehören.«

Ich bin sofort damit einverstanden, und so trinken wir alle Brüderschaft mit starkem, heißem Kaffee.

»Es ist wahrscheinlich, dass wir während unseres Zusammentreffens den einen oder anderen Orgasmus bekommen werden«, sagt Jochen schließlich und errötet dabei ein wenig. »Darauf sollten wir vorbereitet sein.«

»Das ist sogar sehr wahrscheinlich«, erwidere ich, »es sollte aber für uns etwas ganz Normales sein, so als ob einer von uns beiden niesen würde. Auch wenn wir uns noch nicht so gut kennen, sollten wir völlig unverkrampft mit unserer Krankheit umgehen. Denn wenn nicht wir, wer dann?«

»Sie ha..., oh sorry Lea, du hast natürlich recht, aber für mich ist das alles noch absolutes Neuland. Die nötige Routine, die du bereits hast, fehlt mir noch gänzlich. Und ich hoffe, dass meine Dauererregtheit in Kürze schon wieder Schnee von gestern sein wird.«

»Jochen, das wünsche ich dir von ganzem Herzen. Diese Hoffnung hatte ich zu Beginn meiner PGAD auch. Leider ist sie enttäuscht worden. Das sollte dir deine Hoffnung und deinen Mut aber nicht nehmen, ich will dich nur damit konfrontieren, dass dich deine Dauererregtheit unter Umständen eine längere Zeit begleiten wird. Unsere Krankheit fristet in der vermeintlich so fortgeschrittenen Medizin leider ein absolutes Schattendasein. Auf schnelle Hilfe kannst du daher nicht bauen. Tut mir leid Jochen, ich sage dir nur meine ehrliche Meinung.«

»Kein Problem, deine Ehrlichkeit ist mir lieber als irgendein floskelhaftes Gelaber.«

Ich berichte über die aus meinem bisherigen Experiment gewonnenen Erkenntnisse und über mein neuestes Vorhaben, ab sofort auf Soja-Produkte zu verzichten. Daraufhin überlegen Jochen und Britta ebenfalls, was sich vor dem Ausbruch seiner Dauererregtheit in seinem Leben in kulinarischer Hinsicht verändert hat. Nachdem sie spontan keine zündende Idee haben, verschieben sie weitergehende Überlegungen hierzu auf einen späteren Zeitpunkt. Gerade als sich Jochen vorbeugt, um Lars ein zweites Stück Kuchen auf den Teller zu legen, bekommt er seinen ersten Orgasmus. Ich sehe ihm an, dass er erhebliche Schmerzen dabei erduldet. Nach Abklingen seines Orgasmus schaut er peinlich berührt in unsere Runde. Ich grinse ihn an und sage bloß »Gesundheit.« Wir vier müssen herzlich lachen, was wiederum zu meinem ersten Orgasmus und von Jochen zu einem »Lea, dir ebenfalls« führt.

»Trägst du einen BH?«, fragt mich Jochen sodann geradeheraus. Lars schaut ihn etwas irritiert an.

»Mittlerweile ja. Ich weiß, worauf deine Frage abzielt.«

Jochen nickt und sagt: »Seit meiner Dauererregtheit muss ich meine Brustwarzen mit Pflaster zukleben. Alles, was ich oben herum trage, scheuert bei bestimmten Bewegungen an ihnen, was mich ohne Pflaster derart stimulieren würde, dass Orgasmen die zwangsläufige Folge bei mir wären.«

»Bei meinen kleinen Brüsten konnte ich früher auf BHs locker verzichten. Seit meiner PGAD trage ich welche, und zwar aus demselben Grund wie du, auch wenn ich mich dadurch etwas eingeengt fühle.«

»Na, Jochen trägt gottlob noch keine BHs«, lacht Britta.

»Ich meine natürlich aus demselben Grund, wie er seine Pflaster trägt«, präzisiere ich lächelnd. »Ich kann auch keine String-Tangas mehr anziehen, was ich früher total gern getan habe. Mittlerweile trage ich Boxershorts. Die sind für mich am ungefährlichsten. Schlafen tue ich nackt.«

»Wie bist du am Anfang mit Lea´s Krankheit umgegangen?«, fragt Britta Lars.

»Nun, ich wusste zunächst nicht so recht, was ich von der ganzen Sache halten soll. Ich habe aber schnell erkannt, dass ich Lea ernst nehmen muss, allein schon aufgrund der Tatsache, dass die von ihr konsultierten Ärzte dies leider nicht taten.«

»Lars war mir wirklich von Anfang an eine große Stütze. Ich weiß nicht, ob jeder Partner das so mitgemacht hätte«, fahre ich kurz dazwischen.

»Ich habe mich einfach gefragt«, erzählt Lars weiter, »was ich mir im umgekehrten Fall von Lea gewünscht hätte. Und da war die Antwort schnell klar. Ich hätte mir von ihr ebenfalls gewünscht, dass sie an meiner Seite steht. Zu einhundert Prozent.«

»Was ist mit deinem Beruf?«, will Jochen nun von mir wissen. Ich erzähle ihm von meinem beruflichen Werdegang im Krankenhaus und vergesse nicht zu erwähnen, dass ich mir bewusst bin, was für ein großes Glück ich mit meinem Arbeitgeber habe.

Jochen zögert, bevor er sagt: »Ich habe mir jetzt erst einmal zwei Wochen Urlaub genommen. Hinsichtlich meiner Krankheit möchte ich mit meinem Vorgesetzten noch nicht sprechen. Vielleicht komme ich ja doch noch drum herum. Wie gesagt, meine Hoffnung ist, dass die Dauererregtheit wie bei einem grippalen Infekt nach zwei bis drei Wochen wieder verschwunden ist. Aber Hoffnung diesbezüglich kannst du mir ja leider nicht machen.«

»Noch mal sorry, Jochen.«

»Was machst du beruflich?«, fragt Lars.

»Ich leite den hiesigen Lebensmitteldiscounter. Das könnte noch zu einem echten Problem werden. Als Filialleiter habe ich täglich mit bis zu zwanzig Mitarbeitern und etlichen Kunden zu tun, die Lieferanten noch nicht mitgezählt. Neben der Erledigung des Bürokrams muss ich jeden Tag noch einige Besprechungen abhalten. Die dauern zwar meist nicht sehr lange, aber die jeweilige Zeit summiert sich. Die Bewältigung meines Jobs mit der Dauererregtheit könnte ich mir im Moment überhaupt nicht vorstellen.«

Ich merke, wie Jochen das alles sehr mitnimmt.

»Gäbe es für dich eventuell auch die Möglichkeit, für einen Bürojob in die Hauptverwaltung zu wechseln?«

»Diese liegt dreihundertzwanzig Kilometer von hier, ohne Umzug also unrealistisch. Und auf Filialleiter mit ungewöhnlichen Krankheitssymptomen haben die dort sicher auch nicht gerade gewartet. Aber an das alles will ich zum gegenwärtigen Zeitpunkt noch nicht denken, zumal seit einigen Monaten gemunkelt wird, dass unsere Filiale kommendes Frühjahr schließen wird. Ich habe also eigentlich ganz andere Sorgen.«

»Dann stehst du ja mächtig unter Druck!«, bemerke ich wenig aufbauend.

»Und vor fünf Wochen ist dann auch noch mein Zwillingsbruder bei einem Verkehrsunfall ums Leben gekommen. Das war ein echter Schlag für mich. Wir waren eineiige Zwillinge, wir waren so gut wie Eins.«

»Das hat Jochen, aber natürlich auch die ganze Familie ganz schön umgehauen. Bei Jochen aber hat sich die Trauer und der Schmerz über den

Verlust seines Zwillingsbruders bis heute ins Mark eingenistet.«

»Es ist so, als sei ein Stück von mir mit gestorben.«

Britta nimmt seine Hand, die er aber sogleich wieder wegzieht. Die kurze Berührung kann nicht verhindern, dass er seinen nächsten Orgasmus bekommt.

Britta wartet dessen Ende nicht ab: »Jochen ist wegen seines Gemütszustands seit drei Wochen in Therapie. Dr. Sommert, ein Neurologe hier am Ort, hat bei ihm eine reaktive Depression diagnostiziert, letztlich ausgelöst durch den herben Schicksalsschlag mit seinem Bruder. Aber es spielen vermutlich auch die enormen Ängste um seinen Job eine große Rolle.«

»Nimmst du irgendwelche Medikamente?«, will ich von Jochen wissen, als er wieder einigermaßen zur Ruhe gefunden hat.

»Ja, ich nehme Antidepressiva, die bei einer solchen Diagnose üblicherweise verschrieben werden. Ich soll sie aber nur über einen kurzen Zeitraum einnehmen, der Schwerpunkt meiner Behandlung liegt vielmehr in der Therapie, genauer gesagt in der psychotherapeutischen Krisenintervention bzw. Soziotherapie. Diese Therapien legen den Behandlungsfokus auf meinen akuten emotionalen und kognitiven Zustand sowie auf den oder die möglichen Krisenauslöser. Das erklärte Ziel ist die emotionale Entlastung und Wiederherstellung meiner Handlungs- und Entscheidungsfähigkeit.«

»Und wegen deiner PGAD?«

»Dagegen nehme ich gegenwärtig keine weiteren Medikamente. Dr. Schanz war in enger Abstimmung mit Dr. Füllhorn, eurem Krankenhaus-Neurologen, der Meinung, dass neben den Antidepressiva momentan keine zusätzlichen Medikamente von mir eingenommen werden sollten. Ich glaube aber, dass die beiden keine wirkliche Idee haben, welche sonstigen Medikamente sie mir zielgerichtet noch verschreiben könnten. Ich meine sogar, dass sie insgeheim ganz froh sind, dass ich die Antidepressiva wegen meiner reaktiven Depression einnehme, so können sie sich um einen probaten eigenen Lösungsansatz drücken, zumindest kurzfristig.«

»Bist du auf die Antidepressiva angewiesen? Musst du sie wirklich nehmen?«, bohre ich nach.

»Lea, wenn es dir dein Arzt sagt, dann nimmst du sie. Du hoffst ja, dass damit die Krankheitssymptome verschwinden. Du vertraust einfach auf die Fähigkeit des von dir konsultierten Arztes.«

»Ich frage nur deswegen, weil ich in einem der ganz wenigen fundierten Beiträge über PGAD gelesen habe, dass Antidepressiva die Dauererregtheit bei einer Patientin wahrscheinlich sogar erst ausgelöst haben könnten. Nachdem sie die Medikamente wieder abgesetzt hatte, verschwand die Dauererregtheit zwar nicht vollständig, aber die Orgasmen hatten sich auf ein erträgliches Maß reduziert. Leider wurde nicht erwähnt, was die Patientin als erträgliches Maß ansah. Bei mir würden schon um die fünfzig Orgasmen pro Tag darunter fallen.«

»Du meinst, die Antidepressiva könnten letztlich kontraproduktiv für die Bekämpfung meiner Dauererregtheit sein?«

»Nun, ich weiß es natürlich nicht. Möglicherweise darf man bei dem von mir geschilderten und deinem Fall keine Parallelen ziehen. Aber wir sind ja bei der Ursachensuche, und da sollte man alles Mögliche in Betracht ziehen.«

»Du hast recht, Lea. Ich werde direkt am Montag mit Dr. Sommert und Dr. Schanz telefonieren. Eigenmächtig absetzen, will ich die Medikamente dann doch nicht. Entschuldigt, aber ich brauche jetzt eine Zigarette. Stört es euch, wenn ich rauche?«

Wir verneinen das. Ich komme ins Grübeln.

»Jetzt, wo du das Rauchen mit ins Spiel bringst, fällt mir ein anderer Fall ein, der in diesem Beitrag beschrieben wird. Es betraf ebenfalls jemanden, der bereits seit vielen Jahren rauchte und irgendwann an PGAD erkrankt war. Allerdings handelte es sich auch diesmal um eine Frau, was aber wahrscheinlich keine Rolle spielt. Unabhängig von ihrer Krankheit entschloss sie sich, mit dem Rauchen aufzuhören. Zur Raucherentwöhnung nahm sie den Arzneistoff Vareniclin ein. Dieser entfaltet seine Wirkung an den Rezeptoren des Nikotins, in dem einerseits die Entzugssymptome minimiert und andererseits die Effekte extern zugefügten Nikotins gehemmt werden, wodurch auch zusätzliches Rauchen, also Passiv-Rauchen, ohne Auswirkung bleibt. Diese Patientin schaffte es tatsächlich, mit dem Rauchen aufzuhören. Aber das Beste war, dass der Arzneistoff

Vareniclin quasi als Zufallsmedikament wohl verantwortlich dafür war, ihre Dauererregtheit verschwinden zu lassen.«

»Jochen, vielleicht ist deine Dauererregtheit auch ein Wink des Schicksals, endlich mit dem Rauchen aufzuhören«, wirft Britta ein. »Wenn du das schaffen solltest und zudem noch deine Dauererregtheit verschwände, wäre das ein Segen.«

»Wie heißt der Wirkstoff? Varencin?«, fragt Jochen unsicher nach.

»Vareniclin«, berichtige ich. »Ich maile dir den besagten Beitrag zu, sobald wir wieder zu Hause sind. Er ist der beste, den ich zu PGAD bisher recherchieren konnte. Ich kenne ihn fast in- und auswendig.« Und nach kurzem Zögern schiebe ich die Frage nach: »Schockfotos auf Zigarettenpackungen schocken dich vermutlich nicht wirklich, oder?«

»Kein bisschen, muss ich ehrlicherweise gestehen. Ich schaue zwar drauf, aber eher unbewusst. Ich denke mir dann logischerweise auch nichts dabei. Traurig, könnte ein Nichtraucher jetzt denken. Aber als Raucher stumpft man mit der Zeit ab, auch weil man sich denkt, so etwas wie das auf den Packungen Abgebildete habe ich selbst noch nicht gesehen. Vielleicht wäre es anders, wenn ich so etwas Fürchterliches direkt schon mal bei jemanden gesehen hätte, aber so ... Dennoch sind Schockfotos auf Zigarettenpackungen natürlich sinnvoll, gerade um Jugendliche vom Rauchen abzuhalten. Zumindest mag es in einigen Fällen da noch funktionieren. Lediglich textliche Warnhinweise erfüllen ihren Zweck aber sicher nicht.«

Wir tauschen unsere E-Mail-Adressen aus und vereinbaren einen regelmäßigen Meinungsaustausch per Mail und Telefon, aber auch hinsichtlich weiterer Treffen. Anschließend erzähle ich Jochen und Britta von meinen Instituts-Plänen. Mein Gedanke: Je mehr ich mit anderen vertrauenswürdigen Menschen über diese Pläne spreche, desto mehr setze ich mich selbst unter Druck, sie nicht vor sich hinschimmeln zu lassen. Ich werde sie umsetzen und mit den beiden habe ich nach Lars und mir bereits das dritte und vierte Gründungsmitglied sowie potentielle Unterstützer des e.V. gefunden, da bin ich mir sicher.

Lars und ich brechen um 19:00 Uhr auf. Obwohl ich es für gefährlich halte, habe ich das große Bedürfnis, Jochen beim Abschied zu herzen. Er lässt das aber nicht nur einfach über sich ergehen, sondern erwidert meine Umarmung ebenso innig. Unsere körperliche Leidensgenossenschaft hat uns auch schnell zu Bruder und Schwester im Geiste werden lassen; Lars und Britta tun es uns gleich. Natürlich kommt es so, wie es kommen muss. Jochen und ich bekommen aufgrund unserer innigen Umarmung einen Orgasmus. Je fortschreitender unser jeweiliger Orgasmus ist, desto heftiger zucken unsere Körper, was wiederum zur Folge hat, dass wir uns noch fester drücken. Dabei sind wir nicht um einige Stöhn- und Schmerzlaute verlegen, bei gleichzeitigem Lachenmüssen. Was für eine skurrile Situation!

Gerade als wir zeitgleich unseren Höhepunkt erleben, erscheint auf der Terrasse eine von Jochens und Brittas Töchtern, im Schlepptau vermutlich ihr Freund. Sie halten jeweils einen leeren Teller und eine Kuchengabel in der Hand. Völlig konsterniert bleiben sie stehen, als sie Jochen und mich in einer vermeintlich eindeutigen bzw. verfänglichen Situation ertappen, wobei ´ertappen´ bei gleich zwei anwesenden Zeugen wohl nicht der treffende Begriff ist. Aus dem Augenwinkel sehe ich, wie die Tochter schließlich mit einem fassungslosen Blick zu ihrer Mutter stiert. Ihr Freund schaut verschämt auf den Boden. Britta reagiert jedoch cool:

»Hallo Dennis, hallo mein Schatz, offensichtlich seid ihr gekommen, um noch zwei Stückchen Erdbeerkuchen zu ergattern. Nehmt sie und wundert euch nicht. So manches im Leben sieht ganz anders aus, als es in Wirklichkeit ist. Sahne ist im Kühlschrank.«

Zu Hause angekommen, setze ich mich gleich an meinen Computer und maile Jochen den besagten Beitrag über PGAD. Im Anschluss daran begebe ich mich mit einem guten Buch auf den Balkon, um ein wenig abzuschalten, während mich die schöne Abendstimmung hoffentlich zu umschmeicheln versucht. Doch zum Abschalten und Entspannen komme ich nicht. Mir geht Jochens Antwort nicht mehr aus dem Sinn, dass Schockfotos auf den Zigarettenpackungen bei ihm keinerlei Wirkung entfalten. Die Gedanken hierüber rufen Erinnerungen an einzelne Situationen meiner mir selbst auferlegten Schock- bzw. Exremtherapie in mir wach, in die ich mich vor einigen Monaten selbst begeben hatte. Aus meiner damaligen Verzweiflung heraus schien mir diese Therapieform ein taugliches Mittel zu sein, meine Dauererregtheit zu bekämpfen. Mir half ja nichts anderes, warum also nicht diesen ungewöhnlichen Weg versuchen. Lars war von Anfang an dagegen. Er hatte Angst, dass ich Gefahr laufe, einen psychischen Knacks zu bekommen. Wer weiß, vielleicht hätte gar nicht mal so viel gefehlt und er hätte recht behalten.

Auf die Idee mit der Schock- bzw. Extremtherapie kam ich, als ich in der Zeitung über Schockbilder auf Zigarettenpackungen gelesen hatte. Aufgrund strengerer Tabakrichtlinien werden seit 2016 auf den Packungen zum Beispiel

Bilder von verfaulten Füßen und schwarzen Raucherlungen gezeigt sowie solche, die Mund- und Rachenkrebs darstellen. Ich war von diesen Abbildungen, die in dem Zeitungsartikel mit abgedruckt waren, so angewidert, dass mir sofort übel wurde. Spontan beschloss ich, mir diesen Umstand zunutze zu machen. Ich wollte mich in Situationen begeben, die einen Schock oder zumindest einen schockähnlichen Zustand - mit möglichst heilender Wirkung - in mir auslösen sollten. Somit war genaugenommen die Schocktherapie mein erstes, die Bettfesselungen mein zweites und die jetzige Soja-Produkt-Abstinenz mein drittes Experiment zur Bekämpfung meiner Dauererregtheit.

Meine erste Schocktherapie fand zunächst unter Ausschluss der Öffentlichkeit statt. Für meinen ersten Therapieversuch besorgte ich mir im DIN-A3-Format aus dem Internet einige besonders schlimme Schockbilder der Tabakindustrie und hängte in jedes meiner Zimmer drei dieser Bilder auf, zwölf Bilder insgesamt. Einige meiner "Lieblingsbilder" verwendete ich mehrfach. Bei jedem Orgasmus, der sich ankündigte, suchten meine Blicke sofort eines oder mehrere dieser Bilder. Die Wirkung war allerdings unbefriedigend, denn meine Orgasmen ließen sich von den schrecklichen Bildern nicht wirklich einschüchtern bzw. abhalten. An manchen Tagen schien es dennoch zu funktionieren, denn das Aufkommen meiner Orgasmen sank ganz leicht. An anderen Tagen wiederum war der Einfluss der Bilder für meine Orgasmen eher förderlich. So mancher Blick brauchte nur versehentlich eines dieser schrecklichen Bilder zu erhaschen und schon bestand die Gefahr, dass es in meinem Unterleib zu brodeln anfing. Es war wie beim Pawlowschen Reflex: Glöckchen riefen Speichelfluss bei Hunden hervor; Schreckensbilder erzeugten Orgasmen in mir. Kurios! Da dieser Therapieversuch letztlich keinen Erfolg brachte und ich mich wegen der schrecklichen Bilder auch nicht mehr traute, Besuch zu empfangen, brach ich ihn nach drei Tagen wieder ab.

Für meinen zweiten Therapieversuch, der nach meiner Einstufung mehr in die Richtung Extremtherapie ging, besorgte ich mir einige Pornos, die ich stundenlang anschaute. Währenddessen masturbierte ich - ohne jegliches Lustempfinden - bis zur völligen Erschöpfung, und zwar auch und gerade bei Pornos, die mich stellenweise echt anwiderten. Aber ich sah mir auch amüsante Filmchen an. Bei einem hatte eine Fahrradfahrerin einen Dildo auf dem Fahrradsattel befestigt. Während der Fahrt, die sehr lustig aussah und mich ein wenig an meine Zweihundert-Meter-Fahrradstrecken erinnerte, hatte sie dann mehrere Orgasmen. Doch die Stories in den Pornos waren für mich nebensächlich. Mein Plan war es schließlich, eine Übersättigung von Orgasmen zu erreichen, sodass sie bei mir von selbst wieder verschwanden. Ich stellte mir diese angestrebte Wirkungsweise wie beim Überfressen bestimmter Esswaren vor, die man danach für einen langen Zeitraum oder auch für immer weder sehen noch riechen kann. So jedenfalls meine Erfahrung an jenem Abend vor etwa zehn Jahren mit Erdnussflips, die ich wegen eines Frusterlebnisses mit meiner damaligen großen Liebe tütenweise in mich hineingeschaufelt habe. Mir wurde, wie es nicht anders zu erwarten war, schließlich so schlecht - auch weil ich dazu eine Flasche Apfelcidre trank -, dass ich aus dem Kotzen gar nicht mehr herauskam. Seitdem habe ich keinerlei Verlangen mehr, Erdnussflips zu essen oder Apfelcidre zu trinken. Schon der Anblick von Erdnussflips auf den Tüten ruft bis heute einen Brechreiz in mir hervor. Das mache ich mir in manchen Fällen aber auch zunutze. Kommen mir Dinge in den Kopf, die ich sofort wieder verdrängen will, stelle ich mir einfach eine Schüssel Erdnussflips vor. Das funktioniert zwar nicht immer, aber manchmal schon. Das eine oder andere Mal konnte ich tatsächlich das potentielle Kribbeln in meinem Unterleib mit dem prophylaktischen Denken an Erdnussflips erfolgreich verhindern. Zumindest rede ich mir das ein, denn beweisen kann ich das leider nicht.

Zwei Tage und zwei Nächte lang - ich hatte mir extra drei Tage Urlaub genommen - schaute ich also einen Porno nach dem anderen mit nur wenigen Pausen. Ich masturbierte auf Teufel komm raus bis an den Rand der Besinnungslosigkeit. Lars war in dieser Zeit mit einigen Freunden für ein paar Tage verreist, ich hatte also sturmfreie Bude; erst hinterher habe ich ihm von meinem Selbstbefriedigungs-Marathon erzählt. Am dritten Tag, meinem eingeplanten Erholungstag, hatte ich tatsächlich keinen Orgasmus und ich dachte schon, meine Extremtherapie mit den Pornos hätte den gewünschten Erfolg gebracht. Ich war jedoch von meiner Sexorgie mit mir selbst derart erschöpft, dass ich mir die restlichen zwei Wochentage kurzfristig ebenfalls Urlaub nehmen musste, auch um die ganzen Bilder der Pornos so halbwegs wieder aus meinem Kopf zu bekommen. In dieser Zeit erholte ich mich schnell. Allerdings entspannte sich auch mein Unterleib sehr rasch, und am Wochenende hatten meine Orgasmen ihre ursprüngliche Schlagzahl wieder erreicht. Einige Szenen so mancher Filmchen habe ich bis heute im Kopf.

Dann war da noch die Sache mit den Eiswürfeln. Eine geniale Idee, wie ich damals fand. Mit Eiswürfeln, die ich in meine Scheide einführte, sollten meine Orgasmen im wahrsten Sinne des Wortes eingefroren werden. Beim Einführen der Eiswürfel bekam ich zwar, wie von mir erwartet, jedes Mal einen Orgasmus, jedoch hatte ich danach bis zu einer halben Stunde lang Ruhe vor ihnen. Im Hinblick auf die gewöhnliche Schlagzahl meiner Orgasmen eine wirklich beachtliche Zeit. Da die Eiswürfel in meiner Muschi recht schnell zu schmelzen begannen, musste ich verhindern, dass das Wasser aus mir nach und nach herauslief (´Wasser muss fließen!´), wodurch ich natürlich weitere Orgasmen bekommen hätte. Also legte ich einige Kissen unter meinen Po und winkelte zugleich meine Beine an. Diese Fahrradständer-Position, wie ich diese Stellung taufte, war eigentlich sehr entspannend. Wenn da nur nicht diese extreme Kälte in meinem verflixten

Unterleib gewesen wäre! Jedenfalls schaffte ich diese Prozedur, verteilt über drei Tage, ganze acht Mal, also insgesamt vier Stunden. In diesen Fahrradständer-Positionen konnte ich Orgasmen aus meinem Leben tatsächlich verbannen. Es war herrlich! Nach Beendigung der jeweiligen eisigen Maßnahme war allerdings alles wieder beim Alten. Dennoch hat es sich für den jeweiligen Moment gelohnt. Überhaupt nicht gelohnt haben sich dagegen die nach einigen Tagen auftretenden üblen Nebenfolgen: ziemlich schmerzhaftes Pinkeln und ein unsagbar brennendes Gefühl in meinem Unterbauch, sprich, ich bekam eine äußerst unangenehme Blasenentzündung. Der häufige Harndrang, gespickt mit einer Flut von Orgasmen, hat mir schließlich den Rest gegeben. Ich hätte nicht gedacht, dass meine zeitlich überschaubare und nach meinem Dafürhalten sehr moderate Extremtherapie mit den Eiswürfeln ausreichen würde, um mich im Anschluss daran so sehr leiden zu lassen.

Weil auch weitere meiner Schock- bzw. Extremtherapieversuche unter Ausschluss der Öffentlichkeit nicht fruchteten, beschloss ich, einen weiteren Schritt zu gehen, der allerdings sehr viel Mut erforderte. Ich wollte meine Orgasmen nunmehr ganz bewusst in der Öffentlichkeit bekommen, ohne sie durch Jubel, Trubel, Heiterkeit zu kaschieren bzw. durch Niesen, Husten oder sonstige Schauspielereien zu verschleiern. Nicht, dass ich es darauf angelegt hätte, Orgasmen zu bekommen, während Menschen um mich herum waren, aber ich wollte meine Höhepunkte zulassen, ganz nach dem Motto: Wenn ihr schon anklopft, dann will ich euch auch die Tür öffnen und unvoreingenommen gegenübertreten, euch regelrecht willkommen heißen, und zwar zu welcher Zeit und an welchem Ort ihr auch immer kommen möchtet. Seid im Unwillkommenen willkommen! Orgasmen Servus! Mit dieser progressiven Strategie der bedingungslosen Widerstandslosigkeit und absoluten Entkrampftheit wollte ich den einen oder anderen Orgasmus gar nicht erst entstehen lassen.

Bei meinen ersten öffentlichen Auftritten im Rahmen meiner Extremtherapie wollte ich mir zunächst genügend Sicherheit verschaffen. Dafür musste ich mir Orte suchen, an denen sich in der Regel viele Menschen aufhielten; Lars war dabei immer an meiner Seite. Trödelmärkte, Kaufhäuser und Supermärkte - stets zu den Stoßzeiten - waren die Gewähr für mich, nicht sofort im Mittelpunkt des Geschehens zu stehen, wenn ich einen Orgasmus bekam. Das klappte erstaunlich gut, sodass ich mich bereits nach zwei Wochen an ruhigere Orte wagte, an denen meist weniger Menschen waren, wie zum Beispiel in Möbelhäusern, Baumärkten, größeren Buchhandlungen, Restaurants und Cafés. Auch hier begleitete mich Lars stets. Die Aufmerksamkeit, die ich in einigen Fällen auf mich zog, war durch so manchen verständnislosen Blick schon eher beachtlich. Doch ich scherte mich nicht mehr darum. Ganz zum Schluss waren die stillen Orte mein bevorzugtes Ziel: Bibliotheken, Museen, selbst Kirchen. Hier waren mir die entgeisterten Blicke der Anwesenden so gut wie sicher, auch wenn ich die Laute während meiner Orgasmen einigermaßen einzudämmen wusste. Lars begleitete mich hier nur noch in die Museen, die ihn interessierten. Langsam wollte ich mich von ihm abnabeln. Natürlich nicht in Bezug auf unsere Beziehung, sondern mit Blick auf die Selbständigkeit, mein Leben mit meinen Orgasmen in der Öffentlichkeit eigenständig zu bewältigen. Ohne Furcht und ohne Scham.

Die Reaktionen der Menschen in meiner unmittelbaren Umgebung waren insgesamt sehr vielfältig. Von peinlich berührtem Wegschauen, ungeniertem, neugierigem Hinschauen - wobei jeder Blick einzigartig war - bis hin zu witzigen Bemerkungen und wüsten Beschimpfungen war alles dabei. Im Café Bernstein zum Beispiel flachste ein etwa Ende vierzig Jahre alter Mann während einer meiner Orgasmen: »Schaut mal, da sitzen Harry und Sally« als Anspielung auf die berühmte Café-Szene der amerikanischen Liebeskomödie von 1989, in der Sally einen Orgasmus vortäuscht. Genau wie im Film rief sogar eine Frau nach meinem Orgasmus relativ laut in Richtung Bedienung: »Ich will genau das, was sie hatte!« Das halbe Café lag vor Lachen am Boden. Einige Kaffeehausbesucher dachten sogar, dass mein Orgasmus eine Persiflage der besagten Filmszene war. Zumindest haben einige danach begeistert applaudiert. An anderen Orten des Geschehens habe ich mehrmals unmittelbar nach oder noch während meiner Orgasmen die beiden

Sätze gehört: »Das muss ´Versteckte Kamera´ sein!« oder »Die sind sicher von ´Verstehen Sie Spaß?´«. Die meisten Menschen sind mittlerweile derart auf Kameras fokussiert und Unterhaltung getrimmt, dass sie sich nicht vorstellen können, dass nicht alle kuriosen Situationen, mit denen sie konfrontiert werden, absolut real sind. Dieser Umstand amüsiert mich immer sehr, habe ich doch so das Gefühl, Geheimnisträgerin eines Wissens zu sein, das die Welt an sich zwar nicht revolutioniert, aber meine eigene kleine Welt so besonders, so speziell macht.

Manche meiner Orgasmen erwecken bei den Anwesenden auch ein unterschiedlich tiefes Mitgefühl, wie zum Beispiel ein schlichtes bedauerndes »Die Arme«, ein unterstelltes »Das arme Mädel hat einen epileptischen Anfall« oder ein Anteil nehmendes »Sollen wir Hilfe holen?« Sehr unangenehm sind die Situationen, in denen mitfühlende Menschen gutgemeinten Aktionismus betreiben. Sie sagen nichts, sie fragen nichts, sondern rufen direkt den Notarzt, so bei mir insgesamt viermal geschehen. Das schnelle Helfen-Wollen und Hilfe-Rufen dieser Menschen ist in gewisser Weise sehr löblich, bereitet mir aber stets die größten Schwierigkeiten. Meist sind meine Orgasmen vor Eintreffen der Krankenwagen schon abgeklungen. Dann versuche ich, den Einsatz der herbeieilenden Notfallhelfer noch zu stoppen. Doch nur einmal habe ich das bisher geschafft. Zweimal habe ich die Notfallhelfer vor Ort davon zu überzeugen versucht, dass ich nur eine kurzzeitige Kreislaufschwäche gehabt habe und es mir mittlerweile wieder gut ginge. Einer der Notfallhelfer gab sich mit dieser Begründung zufrieden. Ein anderer jedoch nicht, weil ich das Pech hatte, während meiner Ausführungen erneut einen Orgasmus zu bekommen. Schließlich habe ich diesem Notarzt reinen Wein eingeschenkt. Aber es dauerte eine Weile, bis er nach Überprüfung meines Blutdrucks und Pulses mit erheblichen Zweifeln schließlich sein Equipment zusammenpackte und seiner Mannschaft das Signal zum Abrücken gab. Beim vierten Mal hatte ich die Schnauze gestrichen voll. Noch während mein Orgasmus andauerte bin ich einfach aus der Buchhandlung gestürmt, als ich den Notfallanruf der Ladeninhaberin mitbekommen hatte. Meine Flucht musste sehr komisch ausgesehen haben, denn als keine Gefahr mehr bestand, hat sich Lars, der bei mir war, vor Lachen weggeschmissen, während er sich wieder und wieder während seines Lachens für sein Lachen bei mir entschuldigte. Mir tun nur die Personen leid, die den jeweiligen Notarzt gerufen haben. Sie standen nun an meiner Stelle wie ein Depp da. Aber ich hatte niemanden um Hilfe gebeten, daher sah ich speziell meine Flucht aus dem Buchladen als absolut gerechtfertigt an. Stolz darüber bin ich gleichwohl nicht, denn in einer entsprechenden Situation wird sich der Betreffende wahrscheinlich nun dreimal überlegen, ob er einen Notfall meldet oder nicht. Ich hoffe inständig dann nicht zum Nachteil eines wirklich Notfallbedürftigen.

Als besonders schlimm empfinde ich die Situationen, in denen ich während meiner Orgasmen auf das Übelste beschimpft werde, weil sie zwar als solche, aber eben nicht als krankheitsbedingt erkannt werden. Beschimpfungen an sich wegen bestimmter Umstände, für die man nichts kann, sind schon schlimm genug. Aber als schier unerträglich empfinde ich sie, wenn sie direkt an mich gerichtet sind. Denn für mich macht es einen großen Unterschied, ob jemand zu sich sagt, selbst wenn es andere hören können: »Was für eine Drecksschlampe«, oder ob mich jemand direkt aggressiv anfährt: »Sie Drecksschlampe!« Dagegen ist mir eine völlig deplazierte Bemerkung, wie die meines Supermarkt-Opas, der mir immerhin Drogenkonsum unterstellt hatte, fast noch lieb.

Wegen der einen oder anderen Beleidigung hätte sich Lars auch fast schon mit einigen Leuten geprügelt. Nur mein flehentliches Bitten, meist während ein Orgasmus noch andauerte, dies nicht zu tun, hat ihn schließlich davon abgehalten - vielleicht aber auch sein Wissen als angehender Jurist, dass es nicht ganz eindeutig ist, ob ein Kinnhaken oder auch nur eine kräftige Ohrfeige gegen den vermeintlichen Täter einer Beleidigung von Seiten eines Richters als gerechtfertigte Notwehr gewertet werden würde. Wie dem auch sei, ich bin heilfroh, dass durch meine Orgasmen bisher kein Mensch zu Schaden gekommen ist. Außer vielleicht mein Lars, der momentan nicht gerade ein erfülltes Liebesleben hat!

Heute ist Sonntag, seit über einem Jahr mein erster sojafreier Tag. Ab heute führe ich wieder Buch über meine Orgasmen, wie zu Anfang meiner Dauererregtheit. Aber diesmal bin ich mit Neugier am Werk, mit hoffnungsvollem Forschungsdrang. Denn diesmal liegt der Schwerpunkt meiner Notizen auf der Beobachtung, ob mein strikter Verzicht auf Soja-Produkte unmittelbare Auswirkung auf die Häufigkeit und Intensität meiner Orgasmen haben wird. Dass meine Orgasmen mit sofortiger Wirkung zum Erliegen kommen, halte ich jedoch für eher unwahrscheinlich. Dafür ist mein Unterleib zu sehr an den Zustand der Dauererregtheit gewöhnt. Ich hoffe nur, dass mein Sojaverdacht auch stimmt, denn ansonsten müsste ich weiter forschen, weiter in mich hineinhorchen, welche Ursache für meine Krankheit noch in Frage kommen könnte. Hoffentlich bleibt mir das erspart. Ich würde es schon als großen Erfolg ansehen, wenn ich jeden Tag nur einen Orgasmus weniger bekäme. In diesem Fall wäre ich in etwas über sieben Monaten wieder in meinem Orgasmen-Normalzustand. Ach, wäre das schön, wieder tollen Sex mit Lars zu haben, mich auf die Orgasmen wieder richtig freuen zu können, endlich wieder Geilheit zu empfinden, sodass mir bereits zwei bis drei Orgasmen am Tag als unanständig vorkommen! Ich möchte wieder Herrin über meine Orgasmen sein, absolut frei über sie bestimmen können und nicht mehr Getriebene ihrer Willkür sein. Ich will mein Leben wieder leben können und nicht von meinen Orgasmen gelebt werden.

Ich möchte ungezwungen über eine Blumenwiese gehen und jede einzelne Blume genießen: ihre Farbe, ihren Duft, meine vorsichtige Berührung ihrer zarten Blütenblätter. Ich möchte wieder in Cafés sitzen und Leute beobachten, ohne darauf fixiert zu sein, jederzeit einen Orgasmus bekommen zu können. Ich möchte wieder Straßenbahn fahren und dabei sitzen können oder stehen und mich festhalten müssen, so wie es sich gerade ergeben sollte. Ich würde gern wieder Partys schmeißen und alle meine Freunde dazu einladen, die ich in den letzten Monaten vernachlässigt habe - denen ich teilweise sogar aus dem Weg gegangen bin. Ich möchte wieder ganz profane Dinge tun, ohne Angst davor zu haben, dass es jederzeit in meinem Unterleib zu einem Vulkanausbruch kommen kann: in der Bank Geld abheben, beim Bäcker Brötchen kaufen, zum Friseur gehen, ausgiebig Shoppen gehen, im vollen Wartezimmer eines Arztes langweilige Frauenzeitschriften durchblättern, auf unebenen Feldwegen Fahrrad fahren. Alles, was ich aufgrund meiner Dauererregtheit durchgemacht habe, würde ich dann mit anderen Augen sehen. Alle Selbstverständlichkeiten des Alltags könnte ich wieder genießen, auch meine Untersuchungen beim Arzt wären dann nicht mehr unangenehm. Gut, ich säße bei einem Frauenarzt dann wieder in seinem gynäkologischen Stuhl und ließe ihn meine Scheide und meinen Muttermund untersuchen, aber diesmal hätte es etwas Befreiendes, etwas Normales, etwas Entspanntes. Und selbst während einer Zahnbehandlung wäre dieses fiese Summen des Bohrers Musik in meinen Ohren. Ich wäre in keiner Situation mehr in der gesicherten Erwartung, Peinlichkeiten ertragen zu müssen. Was würde ich Straßenkontrollen der Polizei oder Fahrkartenkontrollen in der Straßenbahn genießen können; ich würde regelrecht hoffen, kontrolliert zu werden! Ich würde Einkaufsschlangen lieben, überhaupt jegliches Anstehen und Warten innerlich zelebrieren. Und ich würde mich bei unserem nächsten Zirkusbesuch, sollte mich ein Clown wieder für seine Show in der Manege auserwählen, seinem Programm unterordnen, mich seinen Späßen fügen; und diesmal gehörte der Applaus in erster Linie ihm. Ich würde es ihm diesmal gönnen. Außerdem möchte ich endlich wieder ...

Lars kommt aus der Uni zurück.

»... Drachenbootrennen bestreiten«, rufe ich in seine Richtung.

»Was meinst du Spatz?«

»Ich würde so gern wieder mit dir und der damaligen Truppe schweißtreibende Wettkämpfe im Drachenbootrennen bestreiten, wenn ...«

»Wenn?«

»... wenn mein jetziges neuestes und hoffentlich auch letztes Experiment, auf jegliche Soja-Produkte zu verzichten, Erfolg haben sollte.«

»Ich wünsche es dir so sehr.«

»Wünsch es dir auch für dich, denn dann kannst du mich wegen etwas anderem wieder ans Beet fesseln.«

»Du meinst ...«

»Genau ... wilden, hemmungslosen Sex.«

»Ich muss mal eben weg.«

»Was? Du bist doch gerade erst gekommen.«

»Ich will in die Kirche eine Kerze für dich anzünden. Für die Aussicht, mit dir wieder wilden, hemmungslosen Sex zu haben, während deine Orgasmen kommen, wann du es willst, würde ich sogar wieder regelmäßig in die Kirche gehen.«

»Ist das jetzt ein Gelübde?«

»Wenn du so willst, ja!«

»Du hast schon einmal ein Gelübde abgelegt und es dann gebrochen!«

»Ach ja? Welches denn?«

»Als wir uns vor vier Jahren beim Drachenboottraining im Hafen kennengelernt haben, sind wir ja sehr schnell zusammengekommen. Vor dem Wettkampf zwei Wochen später hast du leichtsinnigerweise gesagt, dass du mich heiraten würdest, sollten wir diesen gewinnen.«

»Und?«

»Wir haben ihn gewonnen!«

»Ja, und?«

»Und ... und ... frag nicht immer so doof!«

»Erstens, war das kein Leichtsinn, zweitens war das kein Gelübde im Sinne eines Garantieversprechens, sondern eher eine Art unverbindliche Absichtserklärung, und drittens habe ich kein konkretes Datum genannt, wann das geschehen soll.«

»Das ist die typische Wortspalterei eines Juristen!«

»Ist es nicht!«

»Feigling!«

»Lea, willst du mich heiraten?«

Ich stocke und schaue Lars mit großen Augen an.

»Willst du mich heiraten?«, wiederholt er nach einigen Sekunden nüchtern seine Frage.

»Wie ..., wie jetzt?«, stammle ich.

»Lea, ich meine es ernst. Von Leichtsinn bin ich weit entfernt. Möchtest du meine Frau werden?«

Ich muss lachen und falle Lars überglücklich um den Hals, während ich ihm ein lautes und beherztes »Ja« entgegenschmettere. Wir küssen uns und lieben uns. Keine Ahnung, wie viele Orgasmen ich dabei hatte. In mein Notizbuch werde ich später schreiben: "Gutes Omen für mein neuestes Experiment, auch wenn ich beinahe explodiert wäre. Lars hat gerade noch einmal die Kurve gekriegt und mich e n d l i c h gefragt. Und ich dachte schon, er hätte es ad acta gelegt, mich zu heiraten - eine *Dauererregte*."

Es ist Montagmorgen. Mein erster Arbeitstag nach meinem einwöchigen Forschungsurlaub in Sachen Lea Bachmann beginnt. Ich finde mich schnell wieder in meine Arbeit ein. Rückstände, die ich abarbeiten müsste, habe ich keine. Meine Kollegin Isabella, die mich während meines Urlaubs vertreten hat, hatte alles im Griff.

Eine meiner ersten Amtshandlungen ist, einen Termin mit Dr. Schanz zu vereinbaren. Ein solcher kommt bereits während meiner Mittagspause in seinem Arztzimmer zustande. Ich berichte ihm von meinem Treffen mit Jochen, wie es ihm geht und wie er gegenwärtig mit seiner Situation umgeht. Ferner gebe ich ihm den Beitrag, den ich Jochen gemailt habe, und verweise auf die Ausführungen der an PGAD erkrankten Patientin, die in Bezug auf ihre Raucherentwöhnung mit der Einnahme des Arzneistoffs Vareniclin per Zufall auch erfolgreich ihre Dauererregtheit bekämpfen konnte. Dr. Schanz ist sehr interessiert, wohl auch deswegen, weil er selbst ein starker Raucher ist. Er werde, so sagt er, mit Herrn Kremmel schnellstmöglich über die Raucherentwöhnung sprechen, zumal ich ihm erzähle, dass dieser ihn ohnehin auf Vareniclin ansprechen wolle. Gerade als ich ihm von meinem Soja-Verdacht und meiner sofortigen Enthaltsamkeit sämtlicher Soja-Produkte berichte, wird er zu einem Notfall gerufen. Noch im Weggehen bittet er mich, ihn hierzu unbedingt auf dem Laufenden zu halten. Meine Aufzeichnungen seien dabei von wesentlicher Bedeutung, ich solle sie auf jeden Fall akribisch fortführen. Und sollte das Weglassen von Soja-Produkten bei mir keinen Erfolg haben, könnten wir ja mal überlegen, auch bei mir Vareniclin zur Behandlung in Erwägung zu ziehen. »Sie müssten mit dem Rauchen natürlich vorher auch nicht erst anfangen!«, waren seine letzten Worte, die er mit einem charmanten Lächeln versehen hatte.

Auf dem Weg ins Büro geht mir durch den Kopf, dass die Idee von Dr. Schanz so einfach wie genial ist. Warum eigentlich Vareniclin nicht auch bei dauererregten Nichtrauern ausprobieren? Darauf bin ich noch gar nicht gekommen. Dies ist ein weiterer Hoffnungsschimmer, sollte meine Soja-Enthaltsamkeit nicht zum gewünschten Erfolg führen.

Als ich wieder in mein Büro komme, werde ich von Isabella gebeten, direkt eine sehr aufgebrachte Frau Kremmel zurückzurufen. Sie sei die Ehefrau von unserem Patienten Jochen Kremmel. Ich signalisiere meiner Kollegin, dass ich Bescheid wüsste, und rufe Britta sogleich an, als Isabella kurz darauf in ihre Mittagspause geht.

»Hallo Britta, hier ist Lea. Das ist aber eine Überraschung, dass du mich im Krankenhaus anrufst. Ich hoffe doch, es ist nichts mit Jochen?«

»Lea, ich grüße dich. Na ja, wie man´s nimmt. Aber entschuldige zunächst, dass ich dich bei deiner Arbeit störe.«

»Kein Problem. Du störst nicht. Ich habe vorhin mit Dr. Schanz über Jochen gesprochen. Er schien sehr an der eventuellen Verbindung Raucherentwöhnung und PGAD interessiert zu sein, insbesondere hinsichtlich des Arzneistoffs Vareniclin. Aber nun erzähl, was ist denn geschehen?«

»Jochen war heute früh am Rhein spazieren, um etwas abzuschalten. Er hielt es zu Hause einfach nicht mehr aus, die Decke fiel ihm auf den Kopf. Während seines Spaziergangs hörte er plötzlich den Hilferuf einer Frau. Ihr Hund war in den Rhein gesprungen, vermutlich um sich etwas abzukühlen. Dabei wurde er von der Strömung mitgerissen. Sein Frauchen hinterher, weil sie ihn retten wollte. Aber auch sie wurde von der Strömung erfasst und mitgerissen. Jochen hat nicht gezögert und ist der Frau sofort zu Hilfe geeilt. Mit Müh und Not und unter Todesangst hat er es schließlich geschafft, sie wieder ans Ufer zu bringen - natürlich weit entfernt vom Ursprung seiner Rettungsaktion. Mittlerweile hatten Passanten, die alles beobachtet hatten, einen Notarzt gerufen. Letztlich ist es gut ausgegangen, Jochen hat der Frau das Leben gerettet. Was allerdings mit dem Hund ist, wissen wir nicht. Er wird es wohl nicht geschafft haben.«

»Mann, das ist ja ein starkes Stück. Wo ist Jochen jetzt und wie geht es ihm?«, frage ich, während mir mein Schwimmbad-Erlebnis mit der in diesem Fall überflüssigen Rettungsaktion kurz in den Sinn kommt.

»Er liegt hier auf dem Sofa und ist wie verwandelt. Er stiert die Decke an und behauptet ständig, seinen verstorbenen Zwillingsbruder gesehen zu haben, als er die Frau gerettet hat. Außerdem redet er über Szenen aus seiner Vergangenheit, über eine Art Lebensrückschau. Lea, ob er zu viel Wasser geschluckt hat? Bei dem Dreckswasser hat er vielleicht eine Vergiftung. Ich weiß mir keinen Rat. Ins Krankenhaus will er partout nicht und einen Arzt will er ebenfalls nicht sehen. Ich wusste mir da keinen anderen Rat, als dich anzurufen.«

Ich überlege keine Sekunde. »Britta, ich weiß, was mit Jochen ist. Ich komme direkt nach meiner Arbeit zu euch. So gegen 17:30 Uhr bin ich bei euch, sofern das in Ordnung ist.«

»Was für eine Frage, Lea. Hab Dank, bis gleich.«

Die Zeit vergeht wie im Flug und ehe ich mich versehe, öffnet mir Britta auch schon die Tür und umarmt mich herzlich. Nach unserer Begrüßung bringt sie mich ins Wohnzimmer, Jochen sitzt apathisch im Sessel. Doch als er nach meinem »Hallo Jochen« auf mich aufmerksam wird, steht er auf und drückt mich ebenso herzlich wie Britta zuvor, begleitet von einem gegenseitigen heftigen Orgasmus. Wir setzen uns. Auf meine Bitte hin erzählt er mir von seiner heutigen Heldentat, ohne sie allerdings als solche zu bezeichnen. Für ihn sei es eine Selbstverständlichkeit gewesen, ein Akt der Hilfsbereitschaft, wie er sagt, auch wenn er dabei sein Leben riskiert habe.

»Ich bin heilfroh, dass mich der Notarzt nicht ins Krankenhaus gebracht hat. Aber ich war ja auch nicht bewusstlos, und ohne mein ausdrückliches Einverständnis konnte er mich nicht einfach dorthin verfrachten. Lea, das Schlimmste waren meine zahlreichen Orgasmen, die ich verteilt über einen Zeitraum von zwanzig Minuten hatte, also eine lange Zeit, die ich brauchte, um die junge Frau aus dem Wasser zu ziehen. Einen regelrechten Orgasmenanfall hatte ich schließlich kurz vor ihrer Rettung, der auch nicht aufhörte, als wir das Ufer erreichten. Die Beteiligten um mich herum dachten, ich hätte extremen Schüttelfrost, trotz der sommerlichen Temperaturen bereits um diese Tageszeit. Ich habe sie natürlich in diesem Glauben gelassen. Glück hatte ich wiederum, dass ich nur noch einen einzigen Orgasmus bekam, als mich der Notarzt untersuchte. Hier habe ich einen Niesanfall vorgetäuscht. Ein solcher war wohl auch für den Notarzt nachvollziehbar, da ich zu diesem Zeitpunkt nur noch meine nasse Unterhose anhatte. Mein T-Shirt und meine Jeans habe ich zum schnelleren Trocknen vor Eintreffen des Notarztes kurzerhand ausgezogen. Bei schätzungsweise siebenundzwanzig Grad sind meine Kleidungsstücke dann auch relativ schnell wieder getrocknet.«

»Britta sagte, da sei noch etwas mit dir gewesen.«

»Ja, ich weiß gar nicht, wie ich das in Worte fassen soll ... Während ich die junge Frau beim Abschleppen fest im Griff hatte und mich dabei in Richtung Ufer kämpfte, dachte ich eine Zeit lang, dass ich das nicht schaffen würde. Die Strömung war einfach brutal. Und dann noch meine ganzen Orgasmen während der Rettungsaktion. Ich konnte nicht vernünftig schwimmen, während ich diese verfluchten Scheißer hatte, besonders wegen der starken Schmerzen, die sie in meinem Unterleib verursacht haben. Ständig hatte ich Angst, einen Krampf zu bekommen, dann wäre ohnehin alles vorbei gewesen. Schnell kam Todesangst hinzu, und ich dachte wirklich, das war es jetzt, wir ertrinken alle beide. Doch dann geschah das Unfassbare ...«

Jochen versagt die Stimme. Ich bemerke, wie seine Augen feucht werden. Aber gerade als ich mich neben ihn setzen und meinen linken Arm um seine Schulter legen will, fährt er fort: »Auf einmal wurde es still um mich herum, ganz friedlich, ich fühlte mich ganz leicht, unbeschwert, frei, regelrecht raum- und zeitlos. Und plötzlich sah ich mich aus etwa fünfzehn Meter Höhe, wie ich mich abmühte, diese junge Frau zu retten. In diesem Augenblick empfand ich keinerlei Angst. Im Gegenteil, mir kam sogleich in den Sinn, dass ich wohl in wenigen Sekunden sterben würde, wenn ich nicht bereits tot war. Und Lea, was soll ich dir sagen, das machte mir überhaupt nichts aus. Der Tod hatte keinen Schrecken für mich, im Gegenteil, er war so befreiend, so schön; ich fühlte mich ... wie soll ich das ausdrücken ... regelrecht seelenvergnügt! Selbst um die Frau tat es mir nicht leid. Sie würde mit mir sterben, aber ich empfand kein Mitleid, eher eine Art liebevolles Mitgefühl, eine innige, ja sogar göttliche Verbundenheit mit einer anderen Seele. Mir wurde schnell klar, dass ich außerhalb meines Körpers war und dabei keinerlei Schmerzen empfand. Unsere fleischlichen Körper kamen mir in diesem Moment wie unnötiger Ballast vor. Meine ganzen Orgasmen waren in diesem Zustand überhaupt kein Thema mehr für mich, obwohl mir bewusst gewesen ist, dass sich mein so unglaublich abmühender fleischlicher Körper im Wasser wegen der enormen Anstrengung und besonders wegen der Schmerzen fürchterlich zu leiden hatte. Und als ich mich so von oben betrachtete, spürte ich plötzlich etwas Wesenhaftes neben mir. Ich schaute zur Seite und blickte in ein mir wohlbekanntes Gesicht, das mich überaus freundlich anlächelte ... Es war ... mein verstorbener Zwillingsbruder!«

Jochen stockt erneut der Atem. Aus seinen Augen kullern dicke Tränen. Britta, die neben ihm sitzt, legt ihre Hand auf seine Schulter und küsst ihn zärtlich auf die Wange. Jochen lässt das geschehen und blickt währenddessen eindringlich zu mir, so als warte er auf eine bestimmte Reaktion. Ich sage aber nichts, sondern schaue ihm tief in die Augen und bitte ihn durch ein Lächeln weiterzuerzählen, auch weil ich merke, dass Brittas liebevolle Geste erstaunlicherweise keinen Orgasmus bei ihm hervorruft.

»Mein Zwillingsbruder sah mich nur schweigend an, und dennoch war mir, als seien wir telepathisch miteinander in Kontakt. Er gab mir zu verstehen, dass er mich jetzt nicht mitnehmen könne, weil ich auf Erden noch eine Aufgabe zu erledigen habe. Was für eine Aufgabe das sei, gab er mir nicht mit auf den Weg. Schließlich verschwand er wieder. Unmittelbar darauf hatte ich die absolute Gewissheit, dass ich ihn in einer anderen Welt wiedersehen würde. Im Übrigen war er körperlich völlig unversehrt. Ja, es kam mir sogar so vor, als sei er jugendlich frisch und völlig heil gewesen. Und das nach einem solch schlimmen Autounfall. Die Ärzte rieten mir damals aufgrund der Schwere der Verletzungen, insbesondere wegen der schlimmen Gesichtsverletzungen dringend davon ab, ihn mir beim Abschiednehmen noch einmal anzusehen.«

Jochen macht erneut eine Pause. Schließlich holt er tief Luft und sagt: »Und dann war da noch diese Rückschau, ich sah in einer ungeheuren Geschwindigkeit mein ganzes Leben vor mir ablaufen. Wie in einem Film. Von der ersten Sekunde meines Lebens bis zum jetzigen Zeitpunkt. Es war unfassbar. Ich sah nicht nur die einzelnen Stationen meines Lebens, sondern spürte auch, was die Menschen, mit denen ich in meinem Leben zu tun hatte, dachten und empfanden. Dabei fühlte ich, wann und in welchem Umfang ich ihnen weh getan oder Freude bereitet habe, so als sei ich sie; ihre Empfindungen waren zu meinen Empfindungen geworden. Es war teilweise sehr schlimm, aber teilweise auch sehr schön. Ich denke, der schlimme Teil dieser Lebensrückschau muss wohl das sein, was wir im Allgemeinen als Hölle bezeichnen. Es war Wahnsinn!«

»Hattest du am Anfang oder während der Geschehnisse ein Tunnelerlebnis?«, will ich von Jochen wissen.

»Woher weißt du das, Lea? Ja, in der Tat. Bevor ich mich selbst bei meiner Rettungsaktion beobachtet habe, befand ich mich in einer Art Tunnel, an dessen Ende sich ein unwahrscheinlich helles Licht befand. Das Licht strahlte Liebe aus, göttliche Liebe. Und das sage ich als ein Mensch, der seit jeher atheistisch geprägt ist. Aber es war etwas Göttliches mit im Spiel, da hatte ich in diesem Augenblick überhaupt keine Zweifel. Ich wurde von diesem Licht magisch angezogen, regelrecht hineingezogen, und das mit einer unvorstellbar hohen Geschwindigkeit, vielleicht sogar Lichtgeschwindigkeit. Ich konnte, aber ich wollte auch nichts dagegen tun. Das

Ganze dauerte nur wenige Sekunden, dann verschwand es und plötzlich schaute ich mir wieder von oben bei meiner Rettungsaktion zu. Als ich mich bis auf schätzungsweise zwei Meter ans Ufer gekämpft hatte, wurde ich blitzschnell in meinen Körper hineinkatapultiert. Es war die reinste Folter, sage ich dir. Dieses äußerst brutale In-den-Körper-Fahren habe ich wirklich als den schlimmsten Schmerz meines bisherigen Lebens empfunden. Lea, ich wäre so gern außerhalb meines Körpers geblieben.«

Jochen atmet schwer und holt schließlich tief Luft. Einmal. Zweimal. Dreimal. Dann fragt er ängstlich, ohne mich dabei anzublicken: »So und nun sage mir, Lea, bin ich verrückt? Du als Sterbebegleiterin kannst das vielleicht am ehesten beurteilen.«

»Jochen, sei ganz beruhigt, du bist nicht verrückt. Du hattest eine Nahtoderfahrung.«

»Eine Nahtoderfahrung? Ich habe von solchen übersinnlichen Erlebnissen gehört. Aber ... aber ... ich war ja nicht tot, zumindest nicht klinisch tot. Zumindest denke ich das.«

»Nahtoderfahrungen können auch Menschen machen, die Todesangst haben. Und das war bei dir ganz eindeutig der Fall. Deine Todesangst hat dir die Grenze zwischen Leben und Tod offenbart und somit dieses ganz besondere Erlebnis in dir hervorgerufen.«

Jochen dreht sich zu Britta und umarmt sie. »Ich bin nicht verrückt ... nicht verrückt!«, schluchzt er leise.

»Ganz bestimmt nicht«, versuche ich ihn zu beruhigen, »du bist eher gesegnet. Denn welcher Mensch kann schon einen Blick in die jenseitige Ebene, ins überirdische Reich werfen. Nur den allerwenigsten Menschen ist das vergönnt. So jedenfalls werte ich das.«

»Und daran gibt es auch keine Zweifel, dass ich eine Nahtoderfahrung hatte, Lea?« Jochen löst sich von Britta und bekommt prompt einen Orgasmus.

»Ich bin mir da absolut sicher. Deine Schilderung weist viele Merkmale auf, die typisch für eine Nahtoderfahrung sind. Genau wie du erleben viele Nahtoderfahrene während ihrer Erlebnisse ein Gefühl des Friedens, der Ruhe und des Glücks, einhergehend damit verschwindet jegliches Schmerzempfinden. Und genau wie du gelangen Nahtoderfahrene während ihres Erlebnisses oft zu der Erkenntnis, dass sie zwar tot sind, diesen Umstand aber ganz nüchtern, eher gleichgültig zur Kenntnis nehmen.«

»Ja, genauso war es auch bei mir. Es spielte für mich überhaupt keine Rolle, ob ich nun tot war oder nicht. Im Gegenteil, hätte ich die Wahl gehabt ...« Jochen blickt Britta mit tränenden Augen an.

Mit ruhiger Stimme versuche ich, Jochens momentane Aufgewühltheit ein wenig zu besänftigen: »Während der Nahtoderfahrung kommt es in sehr vielen Fällen durch Lösung des Bewusstseins vom Körper zu außerkörperlichen Erfahrungen, wobei Nahtoderfahrene ihren eigenen Körper meist von oben betrachten. Das geschieht im Übrigen relativ häufig während sie operiert werden, aber auch direkt an der Unfallstelle oder in der Situation, in der sie Todesangst haben. Das war bei dir der Fall. Dein Tunnelerlebnis mit der Lichtquelle, in die du mit einer rasenden Geschwindigkeit hineingezogen wurdest, ist ebenfalls ein typisches Merkmal für eine Nahtoderfahrung.«

»Was ist mit meinem Zwillingsbruder? Ist ein solches Erlebnis auch typisch?«

»Ja. So wie du haben manche Nahtoderfahrene während ihres besonderen Erlebnisses eine Begegnung mit Verstorbenen, oft lieben Verwandten. Im Übrigen nicht selten mit solchen, von denen sie gar nicht wissen, dass sie bereits gestorben sind. Bei diesen Begegnungen kann eine Kommunikation stattfindenden, meist telepathisch bzw. über die Emotionen.«

»Und meine Lebensrückschau?«

»Auch die ist typisch bei Nahtoderfahrungen, genauso wie du es als unbefriedigend und sehr schmerzhaft empfunden hast, wieder in deinen Körper katapultiert worden zu sein. Manche Nahtoderfahrene nehmen dieses Zurückkehren-Müssen in den eigenen Körper sogar als das eigentliche Sterben wahr!«

Jochen sitzt mit großen Augen vor mir. Britta und ich betrachten ihn. Keiner von uns beiden wagt jetzt, etwas zu sagen. Erst als ich ausgerechnet in diesem Moment einen Orgasmus bekomme, wird Jochen aus seinen Gedanken gerissen. Ohne das Ende meines Orgasmus abzuwarten, sagt er: »Bisher habe ich nur Britta und dir von meinem Erlebnis erzählt. Und ich werde es auch sonst niemandem erzählen. Ich will nicht als komplett verrückt abgestempelt werden, auch wenn ich jetzt weiß, dass ich es nicht bin. Mit meiner Dauererregtheit habe ich schon genug zu kämpfen. Aber wenn ich dann noch von meiner Nahtoderfahrung berichten würde, was sollen die Leute dann von mir denken?«

»Ich verstehe dich Jochen, ich würde es auch nicht an die große Glocke hängen. Leider werden Nahtoderfahrungen und andere übernatürliche Phänomene in unserer Gesellschaft noch nicht als natürliche übersinnliche Phänomene aufgefasst. Da könnte ich dir als Sterbebegleiterin ein Lied von singen. Selbst Ärzte und das Krankenhauspersonal können mit derlei Erlebnissen, von wenigen Ausnahmen abgesehen, nicht viel anfangen. So manche vermeintlich rückständigen Naturvölker sind in dieser Sache erheblich fortschrittlicher als wir. Du solltest, wenn überhaupt, also nur ausgewählten, vertrauenswürdigen Leuten von deiner Nahtoderfahrung berichten.«

»Zu dir, Lea, habe ich - haben wir absolutes Vertrauen. Und ich danke dir ganz herzlich, dass du mir auch mit diesem Punkt wieder zur Seite stehst. Bei allem Unglück empfinde ich deine Bekanntschaft als glückliche Fügung.« Und nach kurzem Innehalten fügt er hinzu: »Aufgrund meines Nahtoderlebnisses werde ich wohl auch meine eigentlich atheistische Grundüberzeugung neu überdenken ... neu überdenken *müssen*. Das bin ich allein schon meinem Zwillingsbruder schuldig. «

»Was hältst du von Jochens Nahtoderfahrung?«, frage ich Lars, als wir am Abend bei einem Glas Rotwein auf dem Wohnzimmersofa sitzen.

»Ich weiß nicht recht, möglicherweise hätte er sie ohne seine Orgasmen während seiner Rettungsaktion nicht gehabt.«

»Genau das geht mir auch die ganze Zeit durch den Kopf. Doch ist eine derartige Erfahrung jetzt Fluch oder Segen?«

»Nun, zumindest steht Jochen genau wie du vor der großen Herausforderung, einerseits durch seine Dauererregtheit von der Körperlichkeit vereinnahmt zu werden, andererseits durch seine Nahtoderfahrung ganz klar aufgezeigt bekommen zu haben, dass die Geistigkeit letztlich über die Körperlichkeit siegen wird. Und zwar in Todesnähe bzw. spätestens im Zeitpunkt des Todes. Du hattest zwar bisher keine Nahtoderfahrung, aber du warst in deiner Funktion als Sterbebegleiterin bei zahlreichen übernatürlichen Erlebnissen dabei, die ähnlich einschneidend für deine Erkenntnis waren, dass es ein Leben nach dem Tod geben muss.«

»Ja, zumindest was das Weiterexistieren der Seele bzw. des Geistes eines Menschen betrifft.«

»Ich frage jetzt mal anders, Lea: Warum sollte die Nahtoderfahrung für Jochen ein Fluch sein?«

»Weil ihm die Geistigkeit als das eigentliche göttliche Wesen des Menschen vor Augen gehalten wird, was ihn unter Umständen etwas überfordern könnte. Jochen war bis zu seinem Erlebnis, wie er gesagt hat, Atheist. Nun gerät seine diesbezügliche antireligiöse Anschauung über das Wesen des Menschen und die Göttlichkeit als solche radikal ins Wanken. Mich würde es nicht wundern, wenn er durch sein übernatürliches Erlebnis zu einem religiösen Menschen werden würde. Das wäre nach einem solchen Erlebnis jedenfalls nichts Ungewöhnliches, wie interessanterweise aus vielen Berichten von Nahtoderfahrenen zu entnehmen ist. Das heißt jetzt nicht, das er als westlicher Mensch unbedingt ein Christ wird. Zu vermuten ist eher, dass er sich unbefangen mit den großen Weltreligionen auseinandersetzen wird und die Lehren der Religionsstifter und spirituellen Weisen zu verinnerlichen versucht, ohne jedoch den jeweiligen kirchlichen Institutionen bzw. Organisationen, die ja die Werke von fehlbaren Menschen sind, zu verfallen. Gott, das Universelle Bewusstsein, das Absolute, das Namenlose, oder wie man das Unerklärliche unseres Seins auch immer bezeichnen mag, wird wohl das sein, was er auf seiner spirituellen Suche als die einzige und wahre metaphysische Macht bzw. Quelle finden wird, die in allem steckt, die alles ausmacht, und zwar religionsübergreifend.«

»Du meinst, er wird den Weg gehen, den auch du diesbezüglich gegangen bist?«

»Ich denke schon, aber bei mir war es eher ein schleichender spiritueller Prozess. Meine zahlreichen Erlebnisse in meinem Beruf haben mir das alles nicht so abrupt vor Augen gehalten wie die Nahtoderfahrung bei Jochen.«

»Okay, aber ich frage dich jetzt noch einmal: Warum sollte Jochens Nahtoderfahrung für ihn ein Fluch sein, wenn er durch sie die Vorherrschaft der Geistigkeit des menschlichen Seins erkennt? Und zwar die Geistigkeit als solche, also die befristete diesseitige wie die ewige jenseitige. Du weißt ja, durch die Schilderungen deiner besonderen Erlebnisse im Krankenhaus bin auch ich zu der Erkenntnis gelangt, dass die menschliche Seele unsterblich ist. Und diese Erkenntnis empfinde ich nicht gerade als Fluch, sondern ganz klar als Segen!«

»Aber der Weg zu dieser Erkenntnis ist lang. Und die Bewältigung des Alltags wird durch sie nicht unbedingt leichter. Das Gegenteil kann auch der Fall sein. Denn wenn du von einem Leben nach dem Tod überzeugt bist, stellst du dir zwangsläufig die Frage, was das irdische Leben für einen Sinn macht. Alles Materielle verliert schließlich mit der Zeit an Bedeutung. Der ein oder andere kann dadurch seinen Halt im Leben verlieren.«

»Mach dir keinen Kopf hierüber! Jeder geht seinen Weg, den er gehen muss. Das gilt auch für Jochen.«

»Ja, ich weiß. Aber dieser Satz mit dem eigenen Weg hat etwas sehr Floskelhaftes.«

»Und dennoch wird er dadurch nicht weniger wahr!«

»Lars, du hast recht. Die Erkenntnis über die Vorherrschaft der Geistigkeit des menschlichen Seins ist die alles entscheidende Erkenntnis hier auf Erden und daher sehr gut. Was die betreffende Person daraus macht, ist eine ganz andere Frage. Und wenn körperliche Herausforderungen wie die Dauererregtheit bzw. PGAD ein Hilfsmittel sind, um die Vorherrschaft der Geistigkeit des menschlichen Seins mit Unterstützung von übernatürlichen Erlebnissen offenbart zu bekommen - wie bei mir durch meine langjährige berufliche Tätigkeit als Sterbebegleiterin oder bei Jochen durch seine plötzliche Nahtoderfahrung -, dann erfahren wir erheblich mehr über das Zusammenspiel von Körper und Geist als die meisten Menschen auf diesem Planeten. Unter diesem Gesichtspunkt ist meine PGAD in der Tat ein Segen. Ohne dieses außergewöhnliche körperliche Handikap hätte ich vermutlich die Geistigkeit nicht als Schlüssel der menschlichen Wesenheit erkannt. So wäre ich wohl weniger einfühlsam, aufmerksam und weniger tiefgründig.«

»Gerade für deinen Beruf als Sterbebegleiterin ist das von Vorteil. Für deine momentane und hoffentlich nur vorübergehende Tätigkeit in der Krankenhausverwaltung wohl eher nicht.«

»Was den generellen Umgang mit Menschen angeht natürlich schon. Denn einfühlsam sollte ich, wie im Übrigen jedermann, immer und überall und nicht nur gegenüber sterbenden Menschen sein. Das wäre ein sehr trauriges Menschenverständnis.«

»Halten wir also fest: Niemand wünscht sich eine Krankheit. Ist sie aber nun mal da, sollte man versuchen, aus ihr zu lernen. Ähnlich wie es heißt, dass man von seinen Feinden am meisten lernen kann, vor allen Dingen über sich selbst, ist es auch bei einer Krankheit. Auch sie wird als persönlicher Feind angesehen. Allerdings lernt man von ihr in der Regel erheblich mehr über sich selbst als von seiner Gesundheit. Was lernt man schon daraus, wenn man immer nur gesund ist, obwohl Gesundheit natürlich von jedermann erstrebt wird? Nur das Unbequeme, Schmerzhafte, Leidvolle und Feindliche sind die Garanten dafür, etwas über sich zu lernen, weil man dadurch gezwungen wird, sich mit sich selbst zu beschäftigen. Ganz abgesehen davon, weiß man dann auch erst die Gesundheit richtig einzuordnen. Erst eine Krankheit macht die Gesundheit so wertvoll, so schätzenswert.«

»Unter diesem Aspekt sind meine Orgasmen und die Dauererregtheit ein wirklicher Segen, denn sie führen eben genau zu dieser wertvollen Erkenntnis.«

»Zumindest wenn man offen ist für eine derartige Betrachtungsweise. Wenn man natürlich die Krankheit nur als Übel sieht, nicht aber auch die Chancen erkennt, die in ihr liegen, wird man einer Krankheit niemals auch etwas Positives abringen können. Dann kann aus einem Feind niemals ein Freund, ein Verbündeter werden.«

»Dennoch wäre es natürlich schön, wenn jede Krankheit eines Tages wieder verschwinden würde. Erkenntnis ist schön und gut, aber ausreizen möchte ich sie in diesem Bereich auch nicht.«

»Das stimmt natürlich. Aber wir suchen ja nach dem Sinn und Zweck einer Krankheit - und zwar *deiner* Krankheit! Oder glaubst du, dass Krankheiten für den Menschen ohne Sinn und Zweck sind?«

»Nein, aufgrund meiner Erlebnisse als Sterbebegleiterin glaube ich ohnehin, dass alles im Leben einen Sinn hat, so abgedroschen das auch klingen mag. Und geht man von einem Leben nach dem Tod aus, macht der Tod sogar am meisten Sinn mit Blick auf das Leben. Denn was wäre es ohne den Tod? Ohne ihn gäbe es das Leben nicht! Ohne Krankheiten gäbe es die Gesundheit nicht! Wir müssen nur offen sein, um den wahren Sinn in den Dingen zu erkennen und zu begreifen.«

Lars nickt mir zu. Wir schauen uns eine Weile lächelnd an. Schließlich sage ich: »Lars, berühre mich, ich will jetzt genau in diesem Moment einen Orgasmus bekommen. Von dir hervorgerufen. Ich will unseren Körper und unseren Geist spüren, ich will, dass beides miteinander verschmilzt. Ich liebe dich!«

Vier Monate ist es her, seit mich Lars gefragt hat, ob ich ihn heiraten will. Und nun stehen wir in der Kirche am Traualtar und trauen uns. Rechts neben mir steht Miriam, meine Trauzeugin; an Lars´ linker Seite steht Mark, sein Bruder. Es ist ein Wunder, dass ich hier sein kann, ohne Angst davor haben zu müssen, von Orgasmen überrumpelt zu werden. Dieses verflixte Soja war tatsächlich die Ursache für meine Dauererregtheit. Seit etwa einem Monat bin ich beschwerdefrei. Na ja, beinahe jedenfalls. So ungefähr fünf bis acht Orgasmen pro Tag können es derzeit bei mir noch werden. Allerdings muss ich ein bis drei davon abziehen, weil es solche sind, die ich haben möchte. Die übrigen Orgasmen kommen meist bei bestimmten Summgeräuschen, etwa wenn ein Insekt laut an mir vorbeifliegt, wenn ich ein Handy summen höre oder ein sonstiges technisches Gerät ohne Vorwarnung ein entsprechendes Geräusch von sich gibt. Ich führe das auf vergangene unterbewusste Vorgänge in mir zurück, als ich noch von meiner Dauererregtheit beherrscht wurde. Sofern ich mich jedoch auf Summgeräusche einstimmen bzw. diesbezüglich vorbereiten kann, passiert in der Regel nichts. Nach meinem Dafürhalten kann ich daher nahezu als geheilt angesehen werden. Ich gehe ohnehin felsenfest davon aus, dass auch mein restliches PGAD-Orgasmenaufkommen im Laufe der nächsten

Wochen verschwinden wird. Mein Sex mit Lars ist jedenfalls wieder wunderbar, ich kann ihn wieder genießen, sowohl Lars selbst als auch jeden einzelnen Orgasmus, den ich aufgrund unseres Beisammenseins bekomme. Vor wenigen Monaten hätte ich noch wer weiß was für diesen Umstand gegeben. Gegenwärtig werde ich nicht mehr von meinem Körper, von meinen Orgasmen unterjocht. Das nenne ich Leben! Für mich ist es das Paradies auf Erden!

Eine Zeit lang habe ich ernsthaft darüber nachgedacht, Jochen zu meinem Trauzeugen zu machen, teile ich mit ihm doch ein ganz außergewöhnliches Schicksal, das uns nicht nur körperlich, sondern durch seine Nahtoderfahrung und meine Erlebnisse als Sterbebegleiterin auch geistig sehr eng miteinander verbindet. Miriam hätte ich aber damit unwahrscheinlich gekränkt, trotz oder gerade wegen unserer ganz speziellen besten Freundschaft. Und weil ich mir letzten Endes vorgestellt habe, wie ich mich an ihrer Stelle gefühlt hätte, wäre ich im umgekehrten Fall nicht ihre Trauzeugin geworden - zurückversetzt, abgewatscht, regelrecht verraten -, habe ich mich doch wieder umentschieden. Und ich denke, es war gut so. Miriam hat stets zu mir gestanden, in guten wie in schlechten Zeiten. Das durfte ich nicht einfach aufs Spiel setzen. Daher steht sie da, wo sie in diesem Moment steht, genau richtig. Ich nehme ihre Hand. Sie kneift mich umgehend in die Kuppe meines kleinen rechten Fingers. Es schmerzt fürchterlich, aber das ist ihre Art, mir ihre herzliche Zuneigung zu zeigen.

Jochen sitzt mit Britta in der dritten Reihe. Ich war so glücklich, als er mir vor drei Wochen erzählt hat, dass er ganz beschwerdefrei ist. Und das im doppelten Sinne, er hat keine ungewollten Orgasmen mehr und Rauchen gehört für ihn ebenfalls der Vergangenheit an. Letzteres fällt ihm zwar immer noch äußerst schwer, aber er zieht seine Nikotin-Abstinenz durch, zur großen Freude seiner Familie. Als ich Jochen persönlich zur Hochzeit eingeladen habe, brach er umgehend in Tränen aus. Nicht weil er eine hyperromantische Ader hat, sondern weil er so unendlich dankbar ist, meine Bekanntschaft gemacht zu haben. Ich werde seine Worte niemals vergessen: »Ohne den Tod meines Bruders wäre bei mir aller Wahrscheinlichkeit nach PGAD nicht ausgebrochen. Ohne meine Dauererregtheit hätte ich bei meiner Rettungsaktion im Rhein wohl auch keine Nahtoderfahrung gehabt. Mein Leben wäre nicht völlig umgekrempelt worden - zum absolut Positiven! Und ohne diese Krankheit hätte ich dich nicht kennengelernt. Du hättest mir nicht über den Fall mit der Raucherentwöhnung berichten können. Ich hätte dann niemals daran gedacht, mir mit Hilfe des Arzneistoffs Vareniclin das Rauchen abzugewöhnen, was letztlich wieder dazu geführt hat, dass meine Dauererregtheit völlig verschwunden ist. Der Tod meines Bruders war für meine Gesundheit schädlich und förderlich zugleich. Ich denke, in meiner ausweglos scheinenden Situation hat er mir dich als meinen Engel auf Erden geschickt.« Es war so rührend, ein so schönes Dankeschön habe ich in meinem ganzen

Leben noch nie bekommen. Ich merke, wie eine Träne gerade versucht, über meine rechte Wange hinunterzufließen. Ich lasse es geschehen, obwohl ich weiß, dass dies vor nicht allzu langer Zeit wahrscheinlich zu einem Orgasmus geführt hätte. Diesmal passiert jedoch nichts. Ich bin so glücklich! Allerdings behalte ich mir vor, immer noch bei jeder kleinsten Gefahr, bei jedem potentiellen Kribbeln im Unterleib als prophylaktische Gegenmaßnahme an Erdnussflips zu denken. Nicht ganz leicht in einer Kirche, deren riesiger Raum angereichert ist von würzigem Weihrauchduft.

Das Institut ist mittlerweile gegründet. Mein Arbeitgeber, das Krankenhaus, stand neben Jochen, Britta, Lars, Miriam, Judith und mir als das erforderliche siebte Gründungsmitglied des nunmehr eingetragenen Vereins zur Verfügung. Neben Jochen und mir ist Dr. Schanz als Vertreter des Krankenhauses in den Vereinsvorstand gewählt worden; ich fungiere als dessen Sprecherin. Der Verein verfügt - Stand heute - über vierzig Mitglieder, die alle aufgrund eines Artikels in einer lokalen Zeitung vor drei Wochen gewonnen werden konnten. Demnächst erscheint in einer großen Tageszeitung mit einer Gesamtauflage von über fünfhunderttausend Exemplaren ebenfalls ein Beitrag über das Institut. Dr. Schanz hat die Türen bei deren Chefredakteur geöffnet. Super, wenn man eine Koryphäe seines Schlags mit solchen Kontakten zur Presse im Team hat. Das Finanzamt hat bereits signalisiert, den Verein als gemeinnützig anerkennen zu wollen. Das hat erhebliche Vorteile, wie mir unser Steuerberater, ein Freund von Jochen und ebenfalls Vereinsmitglied, ausführlich erklärt hat. Insgesamt läuft alles besser an, als ich es mir vorgestellt habe. Demnächst werden dreitausendfünfhundert Flyer gedruckt, die das Institut zur Erforschung der andauernden genitalen Erregungsstörung e.V. vorstellen sollen - mit einem kurzen Interview mit mir. Eine ausführliche Institutsbroschüre mit einem längeren Interview mit mir ist in Vorbereitung, ebenso unsere Präsenz im Internet mit einer eigenen Homepage. Für den Fall, dass mein Engagement im Institut zunehmen sollte, habe ich mich mit dem Krankenhaus auf Teilzeitarbeit geeinigt. Meine Arbeit als Sterbebegleiterin, die ich seit drei Wochen wieder aufgenommen habe, will ich aber, so lange es geht, unbedingt fortführen. Diese gibt mir Kraft, und ich denke, dass ich die dort gesammelten Erfahrungen, besonders im empathischen Bereich, hervorragend in meine Tätigkeit als Leiterin des Instituts einbringen kann.

Der eigentliche Trauungsakt liegt bereits hinter uns. Die Befragung nach der Bereitschaft zur christlichen Ehe, die Segnung der Ringe und die sich daran anschließende Bestätigung der Vermählung empfinde ich als sehr feierlich. Der süße und zarte Kuss von Lars nach dem Satz der Sätze, »Sie dürfen die Braut jetzt küssen«, wird für mich unvergesslich bleiben: Dieser einzigartige Kuss war so ungefährlich schön!
Ich bin zutiefst bewegt, auch wenn ich während der bisherigen Zeremonie immer ein bisschen abgelenkt bin von dem Gedanken, was

gleich kommen wird. Nach den Fürbitten findet die Gabenbereitung statt. Sie empfinde ich noch als Erholung, auch wenn mir hier bereits ständig die Frage durch den Kopf geht: »Ist das die Ruhe vor dem Sturm?« Denn in wenigen Minuten geschieht etwas, vor dem ich seit Tagen wirklich Gamaschen habe. Gleichwohl wollte ich hierauf unter gar keinen Umständen verzichten, es gehört einfach dazu. Aufmerksam verfolge ich das weitere Geschehen. Nach dem Sanctus knien die beiden Messdiener, zwei etwa dreizehnjährige Jungen, auf der zweiten Stufe vor dem Altar nieder. Gleich passiert es. Zunächst macht der Priester das Kreuzzeichen über den Gaben und spricht: »Sende deinen Geist auf diese Gaben herab und heilige sie.« Lars blickt nach diesen Worten zu mir. Ich drehe meinen Kopf zu ihm, er zwinkert mir Mut machend zu, denn er weiß, dass der alles entscheidende Moment an diesem für mich und Lars so bedeutsamen Tag nun unmittelbar bevorsteht. Mein Blick fällt wieder auf die beiden Messdiener. Mein Herz pocht stärker und stärker, zumal ich seit einigen Minuten in ihren Gesichtern die Gesichter der beiden Knaben erkannt zu haben glaube, die damals im Schwimmbad in meiner unmittelbaren Umgebung ihre auffälligen Tauchübungen durchgeführt haben. Auch sie schauen ab und zu in meine Richtung, um dann verschämt schnell wieder wegzuschauen. Haben auch sie mich wiedererkannt? Oder täusche ich mich in allem? Meine Sinne sind jedenfalls so wach wie selten.

Und da, es ist soweit, die beiden Messdiener treten in Aktion. Sie greifen nach den Messing-Glöckchen und klingeln; sie haben es jetzt in der Hand - und das im wahrsten Sinne des Wortes. Für mich ist jetzt der Augenblick der Augenblicke der letzten Wochen gekommen. Die letzte Bewährungsprobe. Sofort stelle ich mir eine große Schüssel mit Erdnussflips vor und denke an die Folgen, würde ich diese nun verspeisen und dazu noch reichlich Apfelcidre trinken. Ich warte ab, doch alles bleibt ruhig. Mein Unterleib muckt nicht auf. Das Klingeln der Glöckchen scheint kein Problem zu sein. Gott sei Dank! Vielleicht wäre es ein Problem, würden die beiden Messdiener noch zusätzlich auf einem Fahrrad sitzen und ihre Hände die Fahrradklingeln berühren. Nein Lea, schlag dir dieses Bild sofort aus dem Kopf und halte dir besser weiterhin eine große Tüte Erdnussflips vor Augen! Ich darf gar nicht daran denken, sollten mich mal meine Kinder, die ich mit Lars sicher einmal haben werde, eines Tages fragen: »Mami, was ist dir damals während deiner Trauung so alles Romantische durch den Kopf gegangen?« Werde ich sie anlügen oder doch die Wahrheit sagen? Ich kann doch schlecht sagen, dass ich da in erster Linie an Fahrradklingeln, reichlich Erdnussflips und die höchstwahrscheinlichen unangenehmen Folgen gedacht habe, sollte ich sie verzehren! Vielleicht versuche ich auch zunächst, etwas Zeit zu gewinnen, indem ich zu meinen Kindern sage: »Erst soll Papa sagen, was er gedacht hat.« Möglicherweise kann ich mich dann irgendwie vor einer Antwort drücken, vielleicht auch, weil während Lars antwortet, unverhofft das Telefon klingelt und Miriam mit mir plaudern möchte. "... klingelt" ... und schon wieder kreuzt dieses verfluchte Verb meine Gedanken. »Erdnussflips! Erdnussflips!«, zwinge ich mich zu denken, um dieses Verb zu verdrängen.

Zum Hochgebet hält der Priester zunächst die Hostie hoch und spricht: »Das ist mein Leib, der für Euch hingegeben wird.« Unmittelbar nach diesen Worten muss ich daran denken, dass auch ich meinen Leib in den letzten Monaten für die Abertausenden von Orgasmen hingegeben habe. Nicht selten kam ich mir richtig ausgemergelt vor. Ehe ich diesen Gedanken vertiefen kann, klingeln die beiden Messdiener ihre Glöckchen dreimal mit jeweils kurzen Pausen. »Erdnussflips! Jede Menge Erdnussflips!« Anschließend hält der Priester den Kelch in die Höhe und sagt bedächtig: »Tut dies zu meinem Gedächtnis.« Meine Erfahrung mit der Dauererregtheit werde ich ebenfalls in mein Gedächtnis tun. Denn schließlich ist bzw. war die PGAD ein wichtiger Teil meines Lebens. Sie hat mich geprägt, sie hat mich stark gemacht, sie hat mich verändert. Erneut ertönen die Glöckchen dreimal. Ich lasse den Gedanken an die Erdnussflips diesmal mal weg, um zu schauen, was dann passiert, und ... es passiert nichts. Obwohl: Nicht an Erdnussfips zu denken, ist eine Mogelpackung, denn nicht an sie zu denken, setzt ja zunächst voraus, dass ich an sie denken muss, um mir schließlich vornehmen zu können, nicht mehr an sie denken zu wollen! Aus dieser gedanklichen Quadratur-des-Kreises reißt mich der Priester heraus mit den Worten: »Durch ihn und mit ihm und in ihm sei dir, Gott, allmächtiger Vater, in der Einheit des Heiligen Geistes alle Herrlichkeit und Ehre jetzt und in Ewigkeit. Amen.« Diesmal bleiben die Glöckchen der beiden Messdiener, die sich in diesem Moment wieder erheben, stumm. Uff! Endlich geschafft! Der Tag ist mein!

Die restliche Trauung kann ich vollends genießen. Die noch folgenden Kirchenlieder singe ich mit großer Erleichterung begeistert mit. Dann fasse ich den Entschluss, meine PGAD mit Abschluss der Messe im Stillen für mich auch ganz offiziell für beendet zu erklären. Ab sofort betrachte ich mich vollends als geheilt. Was kann es für eine schönere Zäsur im Leben geben, als hierfür die eigene Trauung zu nutzen. Die beiden Messdiener haben mein neues Leben mit ihren Glöckchen stimmungsvoll eingeläutet. Ich merke, wie mir kleine Tränen aus meinen Augen kullern. Diese verstärken sich beim Auszug aus der Kirche. Bereits auf der Kirchentreppe werden Lars und ich begeistert von vorausgeeilten Gästen empfangen. Meine Tränen interpretieren sie vermutlich als Glücksgefühl, gerade den schönsten Tag meines Lebens zu erleben. Wie vollkommen recht sie doch haben!

Vor der Kirche sind fast alle Gäste mit Seifenblasenfläschchen bewaffnet und pusten, was das Zeug hält. Das Seifenblasenmeer an diesem wunderschönen sonnigen Herbsttag wird mir ein unvergessliches Erlebnis bleiben. Die Vielfalt der Farben, die in den Seifenblasen durch die Sonnenstrahlen gebrochen werden, bringt mich spontan auf die Idee, ein solches Bild in die Institutsbroschüre mit aufzunehmen. Seifenblasen sind schließlich - wie mir Miriam im Vorfeld zur Hochzeitsplanung erzählt hat - ein Symbol für die Schönheit, aber auch für die Vergänglichkeit des menschlichen Lebens. Die Schönheit des Lebens reift zur neuen Blüte insbesondere dann, wenn man von einer Krankheit wieder geheilt wird, wie es bei mir der Fall ist. So wie das Leben im Ganzen der Vergänglichkeit unterliegt, so kann auch eine Krankheit der Vergänglichkeit unterliegen, und zwar durch Heilung, und so zu einem neuen schönen Leben führen. So verstanden, spiegeln Seifenblasen die Hoffnung auf Heilung, auf Wiedergesundung wider. Ja, die Philosophie meines Instituts und die Symbolik, die sich aus Seifenblasen herauslesen lässt, passt sehr gut zusammen. Motive mit Seifenblasen ließen sich sicher auch gut auf Glasbildern realisieren, ebenso auf großen Wand- und Deckenbildern. Letzteres mit einer Fläche von zehn bis zwanzig Quadratmetern - das hätte was! Hinzu käme, dass ich bei jedem Blick in die Institutsbroschüre und an die eine oder andere Zimmerwand und -decke im Institut selbst an diesen wunderschönen Tag erinnert werden würde.

Ursprünglich wollte Miriam, dass nach der Trauung Reis geworfen wird. Da ich das geahnt hatte, habe ich sie vor einigen Tagen darauf angesprochen. Zunächst wollte sie nicht so richtig mit der Sprache rausrücken. Erst als ich meine Bedenken geäußert habe, dass ich die Gefahr sähe, dass sich einige Reiskörner durch so manche Ritze und manchen Schlitz meines Hochzeitkleides mogeln und sie somit in bestimmte Körperregionen gelangen könnten und dadurch mein Unterleib in Turbulenzen geraten könnte, konnte ich sie davon überzeugen, vom Reis abzulassen. Ich wollte einfach jegliches Risiko vermeiden. Die Gäste, die Miriam bereits auf Reis eingeschworen hatte, sagte sie, sie habe sich nunmehr für Seifenblasen entschieden. Als Begründung gab sie an, sie habe auch und gerade in meinem Sinne vom Reiswerfen Abstand genommen, und zwar aus moralischen und solidarischen Gründen in Bezug auf die hungernden Menschen in der Welt. Sie erntete von allen Seiten Zuspruch. Ich hingegen muss seitdem an meine Doppelmoral denken, kein Reis werfen zu lassen wegen des Hungers in der Welt, aber Soja-Produkte wegschmeißen zu dürfen, die ich anstelle dessen auch ohne Weiteres hätte verschenken können, wie zum Beispiel an eine Kollegin im Krankenhaus, die ohne gesundheitliche Probleme Soja-Produkte verzehrt. Doch erlaube ich mir, an diesem heutigen Tag nicht zu hart mit mir ins Gericht zu gehen.

Vor der Kirche lassen die Gäste Lars und mich lautstark hochleben. Gleich danach nehmen wir zahlreiche Glückwünsche entgegen, auch die ersten Geschenke. Es ist herrlich, ich kann mich nicht erinnern, die letzten Wochen und Monate in Gesellschaft so ausgelassen gewesen zu sein. Wie auch, meine Orgasmen waren meine ständigen Begleiter, Quälgeister, Störenfriede, elende Lebensbestimmer. Besonders freue ich mich, als mich Jochen umarmt und mir dabei ins Ohr flüstert, dass der Standort seines Lebensmitteldiscounters nun doch nicht geschlossen werde. Er fühle sich wie neu geboren, ohne Krankheit, ohne Rauchsucht, ohne berufliche Sorgen; es sei fast zu schön, um wahr zu sein. Noch während er mir das alles mitteilt, fällt mir auf, dass es unsere erste Umarmung ohne Orgasmus ist. Das säusle ich ihm ins Ohr, worauf wir beide aus tiefstem Herzen lachen müssen. Währenddessen kommt mir in den Sinn, dass ich in den letzten Wochen und Monaten mit zwei Männern gemeinsame Orgasmen hatte: mit Lars und Jochen; *sie* sind meine einzig wahren OrgasMen!

Aus dem Lachen werde ich abrupt herausgerissen. Verantwortlich dafür ist eine Horde von etwa fünfzehn Freizeitradlern, die wie aus dem Nichts gekommen sind und an diesem prächtigen Tag eine Radtour veranstalten. Zunächst rufen sie uns, langsam fahrend, ihre Glückwünsche zur Vermählung und alles Gute für die Zukunft zu. Wir winken freundlich zurück. Schließlich aber bleibt einer der Radfahrer stehen und beginnt, ausgelassen seine schrille Fahrradklingel zu malträtieren. Sofort stimmen die übrigen Radfahrer, mittlerweile ebenfalls stehend, mit ein, und es entsteht ein schrilles ohrenbetäubendes Klingelkonzert. Die Heiterkeit aller Anwesenden ist auf dem Höhepunkt. Höhepunkt ...? »Erdnussflips!« Im Hintergrund sehe ich, wie sich die beiden mittlerweile umgezogenen Messdiener auf ihren Rennrädern hastig davonmachen. Erwartungsgemäß haben sie mir zur Hochzeit nicht gratuliert, sondern tauchen - sie werden wissen warum! - mit ihrem Verschwinden erneut unter. Warum nur machen es ihnen die übrigen Radfahrer nicht einfach nach? Aufhören und weiterradeln, damit würden sie mir eine wirkliche Hochzeitsfreude machen. Aber nein, sie müssen weiterklingeln, immer wieder klingeln und klingeln. Nette Geste zwar, aber jetzt ist genug. Verschwindet endlich! Vermasselt mir nicht meinen Hochzeitstag! Ich erhasche den besorgten Blick von Lars. Noch während ich ihn anstarre, forme ich meine Lippen zu einem "O". Wie ein Bären- bzw. Stummelschwanzmakak sehe ich vermutlich gerade aus, während ich mit aufgesetzter Miene das nicht enden wollende Hochzeitsklingelkonzert über mich ergehen lasse. Nein ..., oder etwa doch? Eher nein ... oder ... oh nein! Fängt da etwa mein Unterleib zu kribbeln an? »Erdnussflips! Ich beschwöre euch, lasst mich bitte nicht im Stich! Nicht jetzt! Erdnussflips! Unmengen von Erdnussflips, und zwar mit reichlich Apfelcidre und zusätzlich literweise Chlorwasser!«

Ooooooh, wie ich Fahrradklingeln hasse ...